Fischer TaschenBibliothek

Lars Lindigkeit wurde geboren und wird aller Voraussicht nach sterben. Dazwischen lebt er in Hamburg.

Weitere Informationen, auch zu E-Book-Ausgaben, finden Sie bei www.fischerverlage.de

Lars Lindigkeit

WAS MICH AM LEBEN STÖRT

Mehr als 784 Gefühlsausbrüche

FISCHER TaschenBibliothek

Für alle Gestörten

MIX
Papier aus verantwortungsvollen Quellen
FSC® C013736

Erschienen bei FISCHER Taschenbuch
Frankfurt am Main, September 2013

Umschlaggestaltung: bilekjaeger, Stuttgart
Umschlagabbildung: Stefan Schabenberger
Satz: pagina GmbH, Tübingen
Druck und Bindung: Kösel, Altusried-Krugzell
Printed in Germany
ISBN 978-3-596-51296-6

Was mich am Leben stört, ist, dass sich nicht endlich jemand hinsetzt und all die kleinen, mittleren, großen und extragroßen Dinge aufschreibt, die am Leben stören. Ein solches Kompendium ist mehr als überfällig. Man könnte es in einem Rutsch von vorne bis hinten durchlesen, zu Hause oder unterwegs, man könnte auch einfach wild darin blättern, ob allein oder gemeinsam mit Freunden. Beim Lesen würde man zustimmend nicken oder mit dem Kopf schütteln, ob aus Widerspruch zur Behauptung oder nur angesichts der Abgründe, die sich in der offengelegten Seele des Autors auftun. Oder vielleicht lachen. In jedem Fall wäre alles, was am Leben stört, endlich vereint. Dass es ein solches Buch bislang nicht gibt, stört mich sehr.

•

Was mich am Leben stört, ist, dass ich mich gar nicht vorgestellt habe. Wie unhöflich von mir. Gestatten: Mein Name ist Lars. Gute Freunde nennen mich *»Lars vom Mars«*, *»Lars gib Gas«*, *»Lars will Spaß«* oder *»Lindigkeit Geschwindigkeit«*. Gute Feinde einfach nur: *»Lars«*. In diesem Punkt sind mir Letztere weit sympathischer.

•

Was mich am Leben stört, ist, dass Brad Pitt selbst mit Windpocken *und* schwerer Fischvergiftung immer noch tausendmal attraktiver aussähe als ich nach zwölf Stunden Schönheitsschlaf. Gerecht ist diese Natur nicht. Aber das hatte sie vermutlich auch nie vor.

•

Was mich am Leben stört, ist, dass ich jeden Tag mindestens einmal darüber nachdenke, wie unglaublich es ist, dass unser Herz aus dem Nichts heraus schlägt, immer weiter und weiter, ohne Pause, Millionen über Millionen Mal. Das geht doch gar nicht. Ich habe große Angst, dass mein Herz das irgendwann auch mal merkt.

•

Was mich am Leben stört, sind Typen, die sich von meinen stattlichen 1,90 Meter in ihrer Sicht eingeschränkt wähnen und den Spruch bringen: *»Ist dein Vater Glaser?«* Nein, ist er nicht. Ist *dein* Vater Gehirnchirurg? Auch nicht? Na also. Ich schätze, dann kann *keiner* unserer beiden Väter richten, was wir uns vom jeweils anderen wünschen.

•

Was mich am Leben stört, ist, dass ich nie lügen mag, wenn mich jemand fragt: »*Wie geht's dir?*« Darum antworte ich stets ganz ehrlich: »*Wie immer!*« Das ist ein guter Trick.

•

Was mich am Leben stört, ist, dass ich kein Vierschanzentournee-Springer bin. Dann hätte ich die beste Ausrede der Welt, kein Silvester feiern zu müssen, schließlich müsste ich am nächsten Morgen beim Neujahrsspringen ausgeschlafen und topfit sein, um all die verkaterten Zuschauer zu Hause an den Fernsehgeräten mit einem grandiosen Sprung zu erfreuen. Und das täte ich gerne. Jedes Jahr aufs Neue liefert Silvester den Zeitraffer unseres ganzen verdammten Seins an nur einem einzigen Abend: Du gehst mit völlig überhöhten Erwartungen hinein – und verlässt am Ende umso enttäuschter die Party. Böse Menschen, packt schon mal den Sekt ein. In der Hölle feiern sie Silvester täglich.

•

Was mich am Leben stört, ist, dass ich nicht Meier oder Müller heiße, sondern Lindigkeit. Ich bestellte früher oft was bei Smileys, dem Bringdienst meines Vertrauens. Irgendwann kam ein neuer Liefertyp die Treppen hoch, blieb vor mir stehen und musterte mich stumm. Die Plastiktüte mit meinem Essen baumelte in seiner Hand, er machte keine Anstalten, sie mir zu überreichen. Nach gefühlten Stunden fragte ich: »*Äh … ist was?*« Daraufhin deutete er auf seinen Smileys-Ausweis an der roten Jacke: Der Kerl hieß »Lutz Lindigkeit«. Gibt's ja gar nicht. Und nun? Unsicher, wie ich angemessen zu reagieren habe, schüttelte ich ihm geschäftspartnerisch die Hand. »*Wir sind aber nicht irgendwie verwandt, oder?*«, fragte ich bescheuert. Er: »*Doch, bestimmt!*« Er starrte mich immer noch an, anstatt mir endlich mein Essen zu geben. Ich las es in seinen erwartungsvoll leuchtenden Augen: Lutz Lindigkeit erwartete von Lars Lindigkeit, dass dieser ihn in seine Wohnung bittet, damit sie bei einer Tasse heißem Kakao gemeinsam unter der Sofadecke das Lindigkeit-Stammbuch studieren könnten. Eines ist klar: Wenn Meiers auf Meiers treffen oder Müllers auf Müllers, passiert so was nicht. Ich möchte keine Familienzusammenführung, nur weil ich einen selteneren Nachnamen trage. Ich möchte nur meinen Hühnerbrustsalat mit Joghurt-Dressing. Den habe ich am Ende auch bekommen. Weil Blut dicker ist als Wasser, knallte ich Lutz Lindigkeit die Tür ein klein wenig sanfter vor der Nase zu als anderen Smileys-Fahrern. Seitdem bestelle ich bei Joey's.

•

Was mich am Leben stört, ist, dass mir lange das amtliche Beispiel für ein sogenanntes »Erste-Welt-Problem« fehlte. Gestern dann fragte im Supermarkt neben mir eine Frau die Verkäuferin: »*Haben*

Sie auch organisches Bio-Katzenfutter?« Verkäuferin: *»Nein, leider nicht.«* Frau (traurig): *»Schade. Dann muss ich weitersuchen.«* Meine Beispielslücke in Sachen Erste-Welt-Problem? Geschlossen.

•

Was mich am Leben stört, ist, dass ich keinen Porno-Buddy habe. Der Porno-Buddy des Vertrauens kommt im Falle deines überraschenden Todes blitzschnell rüber, um die Pornofilm-Sammlung zu vernichten, bevor deine trauernden Eltern sie beim Ausräumen der Wohnung entdecken. Das ist ein Porno-Buddy. Habe ich nicht. Zumindest habe ich einen Kluge-Buddy. Der vernichtet im Falle meines unerwarteten Ablebens die dctp-Mitschnitt-sammlung von Alexander Kluge. Meine mich bitterlich beweinenden Eltern würde es das Herz brechen, nach meinem Tod zu erfahren, dass ich viele Jahre ein Doppelleben geführt habe und in Wahrheit schlau war. Vor allem, wenn sie gleich danach entdecken, womit ich dieses Talent vergeudet habe: mit Pornogucken.

•

Was mich am Leben stört, ist mein E-Mail-Passwort *»fickhengst666«*. Nicht grundsätzlich, nur das eine Mal, als ich es, internetlos gestrandet in der Pampa, meinem Vater am Telefon durchgeben musste, um an eine wichtige Nachricht zu gelangen. Ich habe ihm das Wort ganz langsam als Einzelbuchstaben diktiert, in der Hoffnung, es damit zur Unkenntlichkeit in seine atomaren Bestandteile zu zerlegen. Manchmal hofft man falsch im Leben.

•

Was mich am Leben stört, sind die Rauchmelder in meiner Wohnung. Eines Tages kamen auf Wunsch meines Vermieters fremde Männer mit grimmigem Blick und haben sie einfach angeschraubt. Ich war völlig wehrlos. Wenn ich jetzt nachts im Bett an die Decke starre, sehe ich die Rauchmelder blinken wie schamvoll errötete Glühwürmchen. Ich weiß: Vielleicht retten diese Rauchmelder mir irgendwann einmal das Leben. Wahrscheinlicher aber ist, dass sie nur den bedrohten Neun-Volt-Block vor dem Aussterben retten. Und ich kann ihretwegen kein Brathähnchen mehr machen. Das Eingebrannte in meinem Backofen qualmt so stark, dass die Rauchmelder beim Öffnen der Klappe anspringen. Einmal hat unter mir jemand die Feuerwehr gerufen, weil ich nicht schnell genug an die hohe Decke gekommen war, um die Batterien rauszureißen. Das war übel, denn da musste ich mein Brathähnchen mit den vergeblich angerückten Feuerwehrmännern teilen. Später lag ich mit knurrendem Magen wach im Bett und beobachtete über mir das Blinken der Rauchmelder, die mir das alles eingebrockt hatten. Da habe ich mich plötzlich gefragt, ob es wohl Ironie wäre, wenn in einer Rauchmelderfabrik die komplette Produktion verbrennt, weil in der Lagerhalle keine Rauchmelder installiert waren. Ich bin dann aufgestanden und habe die Definition von »Ironie« gegoogelt. Nein, wäre es nicht. Das wäre nur Pech. Aber irgendwie auch: wunderbar.

•

Was mich am Leben stört, ist, dass ich mir die zum Loft umgebaute Kirche nicht leisten kann, die neulich bei der Haspa als Immobilie aushing. Gott und ich – *das* wäre eine WG. Wobei: Ich fürchte, Gott ist der Typ Gott, der sich gerne vor dem Toilettenputzen drückt.

•

Was mich am Leben stört, sind Spaßvögel der traurigen Gestalt mit »S-EX«-Kennzeichen. Die ihre Karre extra in Stuttgart anmelden, nur für diesen Wahnsinnsbrüller. Zeit dazu besitzen deren Halter reichlich, denn Freunde haben sie keine. Das, was ihr Nummernschild propagiert, erst recht nicht. Das Kfz-Kennzeichen ist der verrußte Spiegel unserer Träume. Ich selbst besitze nur ein Fahrrad.

•

Was mich am Leben stört, ist, im Jahr 2000 kurz Aktienmillionär auf dem Papier gewesen zu sein und dann zu gierig zum Verkaufen. Herzlichen Dank, Neuer Markt. Das schmerzt bis heute so, als hätte die splitternackte Megan Fox mich zu sich ins Bett gebeten und ich wäre großkotzig aus dem

Schlafzimmer stolziert mit den Worten: *»Ach nee, lass stecken – ich warte, bis Angelina Jolie und Scarlett Johansson dazukommen.«*

•

Was mich am Leben stört, ist dieses Mädchen aus Holland, das mit sechzehn Jahren die Welt umsegelt hat. Seinetwegen musste ich mich der Frage stellen: Was habe *ich* mit sechzehn gemacht? Zu Hause »Lustige Taschenbücher« gelesen. Heute auch noch. Frühlebensreifes Weltumsegler-Mädchen aus Holland: Du bist zu mir wie die gemeine kleine Schwester, die ich nie hatte.

•

Was mich am Leben stört, sind Eltern, die ihr Kind für hochbegabt halten, weil es nur Fünfen und Sechsen nach Hause bringt. Liebe Eltern: Bitte zieht die Möglichkeit in Betracht, dass sich euer kleiner Einstein oder eure kleine Marie Curie in der Schule vielleicht gar nicht langweilt, sondern einfach nur strunzblöd ist. Dafür muss man wirklich kein Genie sein.

•

Was mich am Leben stört, ist, dass ich kein Golden Retriever bin. Golden Retriever sehen alle gleich toll aus, jeder Einzelne von ihnen. Wir Menschen hingegen – von kompletter Häßlette bis überirdischer Beau alles dabei. Das Tierreich beweist: Das Ideal eines Schönheitssozialismus ist real umsetzbar. Aber eben nur, wenn man Golden Retriever ist. Ich hätte gerne einen, aber mir fehlt die Lust, zum Gassigehen morgens früh aufzustehen. Im Gegensatz zu diesem gesegneten Köter brauche ich meinen Schönheitsschlaf.

•

Was mich am Leben stört, sind die vielen Menschen, die mich für einen Idioten halten. Verdammte Schwarmintelligenz.

•

Was mich am Leben stört, sind die Kurznachrichten, die ich beim Warten am Gate sicherheitshalber vorbereite, falls ich gleich im Flugzeug abstürzen sollte. An meine Eltern: »*Ich weiß, ich war kein guter Sohn, aber im nächsten Leben bei meinen nächsten Eltern mach ich alles wieder gut.*« An meinen großen Bruder: »*Sag Papa, er soll sein Handy anschalten, hab ne SMS geschrieben.*« An meinen Steuerberater: »*Vorsteueranmeldung eilt nicht.*« An meine vergeblich Angebetete: »*Ich fand deine blöden ›Maroon 5‹ in Wahrheit total scheiße.*« An meinen besten Schulfreund: »*Ich hab ja immer gesagt, ich sterbe früher.*« An meinen Chef: »*Endlich kann ich loswerden, was ich WIRKLICH von Ihnen halte – Sie waren echt ein gottverdammt arschlieber Boss! Danke für alles!!*« An Bruce Springsteen: »*Deine Mucke war schlicht, aber ich habe sie genossen. Und jetzt stürze ich ab. ONE, TWO, THREE, FOUR!*« An den Piloten im Cockpit:

»*Du Pfeife.*« Wenn ich meine vorbereiteten Kurznachrichten so durchgehe: Ich kann nicht ausschließen, dass ich dieses Ende verdient hätte.

•

Was mich am Leben stört, ist, dass der Weg leider *nicht* das Ziel ist. Sonst dürfte ich vor den Haustüren von Bekannten, die mich eingeladen haben, erleichtert wieder umdrehen.

•

Was mich am Leben stört, sind langweilige Menschen, die mich mit Geschichten über ihre noch langweiligere Verwandtschaft langweilen. Grobe Faustregel: Bitte fangt nur an zu erzählen, wenn eure Story endet mit den Worten: »*... und dann hat die Polizei bei meinem Cousin all die abgetrennten Köpfe im Gefrierfach gefunden.*«

•

Was mich am Leben stört, ist der Skype-Bleistift. Wenn ich mit einem Mädchen, das ich gut finde, über Skype chatte und es frage: »*Wollen wir morgen ins Kino?*«, dann erscheint oben neben ihrem Namen dieser kleine animierte Bleistift, der mir zeigt, dass sie gerade tippt. Den sehe ich manchmal ewig und plötzlich – pling! – steht bei mir: »*ok*«. Mehr nicht. Einfach nur »*ok*«. Dann weiß ich wegen des Stasi-Bleistifts ganz genau, dass dieses Mädchen, das ich wie eingangs erwähnt gut finde, eigentlich was viel Längeres geschrieben hat, sich aber in letzter Sekunde vor dem Senden umentschieden hat. Nämlich für: »*ok*«. Das ist doch arg verdächtig. Vermutlich stand bei ihr zuerst etwas ganz anderes wie: »*Du, wir müssen reden. So geht das wirklich nicht weiter mit uns beiden. Ich weiß, du findest mich gut, aber ganz ehrlich: Ich finde dich scheiße. Nicht nur so mittel – wirklich richtig, richtig scheiße. Ins Kino möchte ich deshalb auch nicht mit dir, denn du stinkst und neben stinkenden Männern sitzen Frauen gerade im Kino eher ungern. Bitte tauch hier nie mehr auf, ruf nicht mehr an und hör vor allem auf, mich anzuskypen. Ach, du lässt es ja eh nicht von selbst, ich lösche jetzt diesen Account. Habe ein halbwegs erträgliches Leben im Rahmen deiner Möglichkeiten. Und wasch dich.*« So etwas in dieser Richtung wird sie in ihre Tastatur gehackt haben, während ich auf der anderen Seite hilflos wartend dem tänzelnden Bleistift zuschauen musste. Dann aber hat das Mädchen, das ich gut finde, kurz innegehalten und gedacht: »*Nee, das kann ich ihm nicht antun … Ach, was soll's, irgendwie gehen selbst zwei Stunden Kino mit diesem stinkenden Iltis rum.*« Da hat sie alles wieder gelöscht und neu getippt: »*ok*«. Und wäre da nicht dieser blöde Bleistift, hätte ich mich weiterhin der glückseligen Illusion hingeben können, zwischen uns liefe alles traumhaft. Skype-Bleier, du bist auf meiner Todesliste ganz oben.

•

Was mich am Leben stört, ist meine Trotteligkeit. Ich bin ein solcher Trottel, dass ich mir manchmal vorstelle, ich sei in Wahrheit Undercover-Agent in geheimer Mission, der professionell so *tut*, als sei er ein Trottel, und nach getanem Tagwerk, wenn er endlich allein die Ray-Ban-Sonnenbrille aufsetzt und in sein offenes Cabrio hüpft, plötzlich die coolste Sau der westlichen Hemisphäre ist. Was das über meine geistige Gesundheit sagt? Nichts Gutes, fürchte ich. Aber ich darf meine Tarnung nicht zerstören.

•

Was mich am Leben stört, ist das Synonym für »Verlierer«, das mir neulich mein Thesaurus vor den Latz geknallt hat: »Studienabbrecher«. Lieber schonungslos ehrlicher Thesaurus: Ich weiß aus eigener Erfahrung, wie rar gute Wortalternativen sind – aber das hat schon irgendwie geschmerzt, weh getan, verletzt, Leid zugefügt, verwundet, einen Stich versetzt.

•

Was mich am Leben stört, ist die Todesfalle Höflichkeit. Die wird seit Jahrhunderten fahrlässig unterschätzt. Ich erinnere warnend an den bedeutenden dänischen Astronomen Tycho Brahe: Im Jahre 1601 verstarb der arme Mann an geplatzter Blase, bloß weil er während eines Festbanketts mit dem Kaiser nicht so unhöflich sein wollte, trotz dringenden Bedürfnisses den Tisch zu verlassen. Peng, platsch, tot. So schnell kann das gehen. Und sehen wir den Fakten ins Auge: Das könnte exakt so auch mir passieren. Gut, vielleicht nicht beim Kaiser, eher auf der Assi-Hochzeit eines alten Schulfreundes oder so, aber ansonsten: ganz genauso. Ich bin quasi prädestiniert, einen waschechten Tycho hinzulegen. Wobei ich mich auch nicht zum Höflichkeitshengst hochjubeln will: Im Kern habe ich einfach nur Schiss, dass über mich, während ich auf dem Klo bin, gelästert wird. Den aber umso gewaltiger. Mein Selbstbewusstsein ist nicht sehr groß, und wenn ich irgendwo mindestens zwei Menschen zusammen lachen sehe, bin ich mir sicher: Die lachen über *mich*. Selbst bei Wildfremden auf der Straße. Ich weiß, das ist völlig kaputt. Genauso kaputt wie Tycho Brahes Blase nach dem fatalen Festbankett 1601. Unter Umständen handelte es sich auch hier um den wahren Beweggrund, den Tisch nicht zu verlassen. Kann ja sein, dass der Kaiser ein ziemliches Lästermaul gewesen ist, der sofort losgeledert hätte, kaum wäre Tycho auf dem Weg zum Klo außer Hörweite gewesen: *»Guckt euch unsere Sternen-Sissi an – muss schon wieder Pipi!«* Da kann ich schon verstehen, wenn ein unsicherer, kleiner Astronom sich nicht traut, vom Tisch aufzustehen. Diese Angst kenne ich gut. Mich rettete bislang nur meine

Blase aus Stahl. Tycho Brahe, das lehren uns die Geschichtsbücher, hatte weniger Glück. Ich hoffe, die Explosion gab dem für dieses Schlamassel verantwortlichen Kaiser zumindest ein paar Blessuren mit. Nicht, dass dieser, nachdem sich die Pilzwolke aus Tychos Hose verzogen hat, auch noch gelästert hat: »*Guckt euch unsere Sternen-Sissi an – der ist das Bläschen geplatzt!*« R. I. P. Tycho Brahe. Deine Höflichkeit war nicht gemacht für diese Welt. Mögest du in Frieden pieseln.

•

Was mich am Leben stört, ist, dass ich keinen Anzug besitze. Weswegen ich meine gesamte Familie inständig bitte, dass nie irgendjemand stirbt.

•

Was mich am Leben stört, ist, dass ich nicht weiß, was ich zur Oscar-Verleihung anziehen soll. Mein »*Oooh, DER ist ja süüüß!*« bei mir ungefragt gegen die Nase gepressten Kinderfotos ist dieses Jahr gleich zweifacher Favorit – nominiert in den Kategorien »Bester Hauptdarsteller« und »Bestes Make-up«.

•

Was mich am Leben stört, sind allzu durchschaubare Fake-Buchrezensionen auf Amazon. Also alle. Ein wenig mehr Raffinesse im Verschleiern der persönlichen Beziehung zum Autor wäre dringend vonnöten, ist leider aber nicht existent. Hier meine Top 3 der »Sätze, an denen man sofort eine Fake-

Rezension erkennt«. Platz 3: *»Ich musste beim Lesen so laut lachen, dass mich alle im Bus schon ganz komisch angeschaut haben.«* Platz 2: *»Am Anfang war ich skeptisch* [Ha! Du schlauer Fuchs-Rezensent, du!], *aber dann konnte ich das Buch gar nicht mehr aus der Hand legen und habe es regelrecht verschlungen!«* Platz 1: *»Mehr davon! Ich hoffe, wir werden noch viel von diesem Autor hören!«* Werden wir nicht. Pro-Tipp für alle Power-Faker: nicht immer volle Punktzahl geben, sondern auf jede Fünf-Sterne-Rezension schön abwechselnd eine mit vier folgen lassen. Ein bisschen so, wie man auf jedes Bier ein Glas Wasser trinken soll gegen den Kater am nächsten Morgen. Wird belohnt mit einer perfekt glaubwürdigen, kopfschmerzfreien Durchschnittswertung von 4,5 Sterne. Wer darauf nicht reinfällt, ist selbst schuld. Also, ran jetzt. Dieses Buch gibt's schließlich nicht grundlos bei Amazon.

•

Was mich am Leben stört, ist, dass aus meiner Feder noch immer nicht *»Der Roman einer ganzen Generation!«* (Buchrückseite) stammt. Gut, ich will nicht gierig sein: Eine halbe Generation würde mir auch reichen. Okay, okay: *»Der Roman einer drei achtel Generation!«*, letztes Angebot. Nicht? Schade.

•

Was mich am Leben stört, ist, dass irgendjemand bei mir um die Ecke eine vorher blütenweiße Hauswand mit riesigen Lettern verschandelt hat: »*HIER HABE ICH TRIPPER BEKOMMEN!*« Juckreizgeplagter Sprayer: Ein Gentleman genießt und schweigt.

•

Was mich am Leben stört, sind Taxifahrer, die von mir wissen wollen, wie sie fahren sollen. Ich sage: »*Der schnellste Weg.*« Der Taxifahrer erneut: »*Wie sollen wir fahren?*« Ich ergänze: »*Ach, ich vertraue da ganz Ihnen.*« Der Taxifahrer macht mir langsam Schuldgefühle, ich hätte das gefälligst zu wissen, indem er ein drittes Mal fragt: »*Wie sollen wir fahren?*« Taxifahrer dieser Großstädte, leiht mir euer Ohr: ICH – WEISS – ES – NICHT! Darum bin ich doch in euer Taxi eingestiegen! Ich gehe ja auch nicht zum Schlachter, um ein Steak zu kaufen, und der führt mich in den Stall zum Lebendrind, wo er sich ratlos am Kopf kratzt: »*Wie soll ich das rausschneiden?*« Früher dachte ich noch, die Taxifahrer wollen nur testen, ob ich Ortskenntnisse vorzuweisen habe, um mich, falls nicht der Fall, schamlos abzocken zu können. Mit dieser zwar plumpen, aber immerhin nachvollziehbaren List hätte ich gut leben können. Aber nein – die wissen *tatsächlich* nicht, wie sie fahren sollen. Manchmal muss ich den Taxifahrern sogar ihr eigenes Navigationssystem programmieren, weil sie selbst dazu nicht in der Lage sind. Ich fühle mich dann, als würde ich dem Papst Weihnachten erklären. Es ist alles so schrecklich. Warum seid ihr so, Taxifahrer? Sagt es mir. Ich sage es auch nicht weiter. Wie sollen wir fahren? Einfach in den Sonnenuntergang Richtung Schlucht, bitte.

•

Was mich am Leben stört, ist, wenn Leute erwarten, ich sei auch privat komisch. Sobald sie mich dann kennenlernen, merken sie schnell: Ich bin gar nicht komisch. Zumindest nicht im Sinne von komisch. Ich bin komisch im Sinne von seltsam. Das finden sie gar nicht witzig.

•

Was mich am Leben stört, sind Menschen, die ihre Wohnungstür zuknallen, als hätten die Sowjets gerade eine Hundert-Kilo-Freifallbombe abgeworfen. Ihr habt es nie gelernt, darum erkläre ich es Euch: 1. Ihr steckt den Schlüssel ins Schloss und dreht die böse Falle nach rechts. 2. Ihr zieht die Tür sanft zu. 3. Ihr schließt ab. 4. Ihr fahrt zur Arbeit und berichtet all euren Bürokollegen stolz, dass Ihr es heute zum ersten Mal geschafft habt, eine Wohnungstür vernünftig zuzumachen wie jeder normale Mensch auch. Ist doch gar nicht so schwer, oder?

•

Was mich am Leben stört, ist die langsamste Kassiererin der Welt. Sie arbeitet bei mir um die Ecke im REWE. Angesichts ihrer Gelassenheit einer

Zen-Buddhistin, mit der sie die Waren zärtlich über den Scanner streicht, prüfe ich jedes Mal, ob ich mein Leben versehentlich verstellt habe auf Slow-Motion. Nein, habe ich nicht. Die Alte ist einfach nur so verdammt langsam. Keine Angst, sie wird nicht erfahren, dass ich hier über sie ablästere – selbst wenn meine langsamste Kassiererin der Welt dieses Buch in die Finger bekäme: Noch bevor sie diesen Absatz fertig hätte, müsste sie es zur Seite legen, weil der Rote Riese Formerly Known As Unsere Sonne die Erde verglüht. *So* langsam ist die. Deshalb wird sie auch nie erfahren, ob ich sie am Ende noch mal plump beleidigt habe. Ich weiß, ich verscherze es mir durch dieses Kompendium nicht unwesentlich mit Berufsgruppen, auf deren Dienste ich angewiesen bin. Egal, es ist für die Kunst, und die darf alles. Da muss ich durch. Genau wie an der Kasse meines REWE. Doch das kann dauern. Blöde Kuh.

•

Was mich am Leben stört, ist »Vanish Oxi Intelligence«. Dass auf diesem Planeten intelligentes Waschmittel noch vor intelligentem Leben auftaucht, spricht nicht für uns.

•

Was mich am Leben stört, ist die Millisekunde, wenn man sich gerade den Zeh am Bett gestoßen hat, der Schmerz aber noch nicht oben im Hirn angekommen ist. Dieser kurze, dafür umso schrecklichere Moment, in dem du merkst: »*Oh-oh …*« Psychoterror in seiner komprimiertesten Form. Deshalb stoße ich mir lieber den Kopf. Da weiß man direkt, woran man ist.

•

Was mich am Leben stört, ist, dass ich für einen Deppen gehalten werde. Es würde mir völlig ausreichen, einfach nur gehalten zu werden.

•

Was mich am Leben stört, ist die Ehrlichkeit mancher Menschen. Neulich hing an der Laterne in meiner Straße ein Zettel: »*Ich, TV-Journalistin (24) mit festem Job, suche Wohnung hier in Eimsbüttel. Mindestens 3 Zimmer, Balkon, kein EG, bis 600 Euro warm.*« Irgendjemand hatte mit blauem Filzstift dazugeschrieben: »*Wovon träumst du nachts, Süße?*« Was für ein mieser Sack. Ich musste sofort an den berühmten Steve-Jobs-Satz denken: Diejenigen, die verrückt genug sind zu denken, sie könnten die Welt verändern, tun es auch. Irgendwann, liebe TV-Journalistin (24), werden wir alle in mindestens drei Zimmern plus Balkon in Eimsbüttel für 600 Euro warm glücklich sein. Und einen Job beim Fernsehen haben, der sich tatsächlich als »fest« herausstellt. Kämpfe weiter, tapfere Weltverbesserin. Aus deinem nagelneuen WG-Zimmer in Hamburg-Schnelsen.

•

Was mich am Leben stört, ist, dass Makler keinen Humor verstehen. Neulich gab ich bei der Selbstauskunft unter »Haustiere« an: *»2 Elefanten, 3 Schneeleoparden, 5 Komodowarane«*. Ich habe die Wohnung nicht gekriegt.

•

Was mich am Leben stört, sind diese Dehnpiercings, die aus Ohrläppchen offene Bullaugen machen. Verrückte Sache: Bis vor wenigen Minuten wusste ich gar nicht, dass die mich stören, aber ich war gerade eine Runde um den Block, um den Kopf freizukriegen, da habe ich einen Typen mit solch Riesenlöchern in den Läppchen gesehen und sofort gedacht: Doch, ja – das stört mich sogar ungemein! Keine Ahnung, wie mir das bislang entgangen ist. Warum tut man sich das an? Ich wüsste nur eine einzige sinnvolle Erklärung: Es gibt doch die Redewendung *»Eher geht ein Kamel durch ein Nadelöhr«*, wenn man ausdrücken will, dass etwas unmöglich ist. Wahrscheinlich hat irgendein Sprachfreund das Fehlen des passenden Pendants bemerkt, voller Bedauern über diesen Missstand nicht lange gezaudert und als Sprichwort-Pionier kurzerhand seine Ohren geopfert. Nachdem die riesigen Löcher drin waren, konnte er dann in der erstbesten Situation, wo etwas als sicher galt, korrekt anmerken: *»Eher geht ein Kamel durch mein Ohrläppchen.«* So ist das wohl entstanden. Nächste

Woche: Warum mich genmanipulierte Eber mit Flügeln stören und was »*Eher lernen Schweine fliegen*« damit zu tun hat.

•

Was mich am Leben stört, sind die teuren Fischfrikadellen. Die schmecken zu sehr nach Fisch.

•

Was mich am Leben stört, ist, dass kein TV-Sender meine Idee »Das Große Promi-Wattwandern« umsetzen will: Eine Gruppe der sechs nervigsten C-Promis wird ins Watt geschickt – und dem Wattführer heimlich die Uhr zurückgestellt.

•

Was mich am Leben stört, ist mein leichter Schlaf. Jeden Morgen wache ich wieder auf.

•

Was mich am Leben stört, ist die Lüge von den physikalischen Gesetzen. In der Schule wurde mir beigebracht, gleiche Schallwellen würden sich gegenseitig aufheben. Ich hab's versucht und exakt dasselbe dumme David-Guetta-Stück genauso ohrenbetäubend aufgedreht wie mein Nachbar. Funktioniert nicht.

•

Was mich am Leben stört, ist Smalltalk. Smalltalk ist für mich Bigtalk. Very Bigtalk. Ich verweigere mich dem Smalltalk nicht etwa aus elitärer Überheblichkeit – ich beherrsche ihn schlicht und einfach nicht. Schon bevor ich zu Partys fahre, gehe ich krampfhaft in Gedanken durch: Was redest du mit dem? Mit der? Mit dem? Und wenn ich dann vor diesen Leuten stehe, macht der Kopf trotzdem dicht. Ich spüre den Tumbleweed von links nach rechts durch mein Geisterstadt-Hirn wehen, so schlimm ist das. Jeden Tag bete ich für Schneestürme in Deutschland, für Tornados, sogar für Dürrekatastrophen, nur um irgendwelches blöde Wettergequatsche zu legitimieren. Neulich war ich auf eine Feier eingeladen, da hatte ich solche Angst vor dem Smalltalk, dass ich am Nachmittag zu Hause ernsthaft erwägte: »*Gut, spiel das mal durch – wenn du jetzt den ICE nach Berlin nimmst, dort die Kanzlerin entführst und den fünf größten Fernsehsendern deine Forderungen steckst, schnell zurück nach Hamburg fährst zur Party – dann hast du zumindest IRGENDWAS zu erzählen …*« Habe ich dann aber doch nicht gemacht. Obwohl ich vermute, die Kanzlerin hätte Verständnis für meine Motive, die ist sicher ebenfalls nicht die Allerbeste in Sachen Smalltalk.

•

Was mich am Leben stört, ist, dass ich mich in Gesellschaft anderer stets zum schlechten Imitat meiner selbst verwandele. Ich bin der Analogkäse unter den Partygästen.

•

Was mich am Leben stört, ist, dass ich nicht als Erster auf die Idee gekommen bin, mein abgeknipstes bestes Stück als Beispielfoto für »Penis« auf Wikipedia hochzuladen. Jemand anderes war schneller, und zur Belohnung bestaunen dessen mächtige Zauberflöte jetzt täglich Hunderttausende von Internetusern zu Recherchezwecken. Schade. Wer schreibt, der bleibt. Doch wer seinen Schwanz hochlädt, der wirklich niemals von uns geht.

•

Was mich am Leben stört, ist der Typ, der neulich zu mir meinte: *»Ich bin Sandwich Artist.«* Ich: *»Was für'n Ding?«* Er: *»Sandwich Artist.«* Ich: *»Hä?«* Er: *»SAND-WICH AR-TIST!«* Stellte sich raus: Er schmiert Baguettes bei Subway. Ich daraufhin: *»Ich bin Free-Time Inventor.«* Er: *»Was ist das?«* Ich: *»Arbeitslos.«*

•

Was mich am Leben stört, ist, dass ich mich in Museen zu Tode langweile, mir dies aber nicht eingestehen will. Ich stelle mich vor die berühmtesten Gemälde und Skulpturen dieser Welt, doch starre immer nur ins Leere. Das fällt keinem auf, denn der rein äußerliche Unterschied zu Museumsbesuchern, die sich die Exponate tatsächlich anschauen, ist marginal. Um mich zu entlarven, müsste man mir schon sehr tief in die Augen schauen, und das will sich wirklich keiner antun.

Beim scheinbar faszinierten Betrachten der »Mona Lisa« habe ich überlegt, ob ich vom zu vielen Coke-Light-Trinken Krebs kriege. Beim angeblichen Genießen diverser Picassos hat mich beschäftigt, ob das neue iPhone wohl noch diesen Monat rauskommt. Beim gespielten Betrachten von Rodins »Denker« habe ich mit Schaudern daran gedacht, dass ich bald zu dieser blöden Geburtstagsfeier muss. Trotzdem gehe ich weiter in Museen, als gäbe es noch Hoffnung auf spontane Wunderheilung, bei der es wie beim Einrenken einer Schulter plötzlich Klick in meinem Kopf macht und ich anfange zu strahlen: *»Hey – SO fühlt sich das richtig an!«* Ich war schon aufs Anspruchsvollste angeödet im Louvre, im Metropolitan Museum Of Art, auf der Berliner Museumsinsel und im British Museum. Ich bin, so viel ist klar, eine echte Koryphäe unter den Sich-im-Museum-Langweilern. Wer wissen will, vor welchen wichtigsten Bildern der Kunstgeschichte sich am besten über was viel Wichtigeres nachdenken lässt, kann mich ruhig fragen. Aber erst muss ich den Rest Coke Light wegschütten.

•

Was mich am Leben stört, ist, dass ich das neue iPhone am Erstverkaufstag gekriegt habe und noch immer nicht irgendeinen Sinn in meinem Dasein verspüre. Was soll der Scheiß, Apple?!

•

Was mich am Leben stört, ist die Glücksspiralen-Sofortrente auf Lebenszeit. Wer die gewinnt, sollte unbedingt rechtzeitig untertauchen. Da wir alle dank modernster Medizin immer älter und älter werden, lässt sich das doch gar nicht mehr finanzieren. Die Glücksspirale beschäftigt hundertpro ein geheimes Killerteam, das dich kurzerhand liquidiert, wenn du denen als Sofortrentengewinner zu teuer wirst. Wie oft ich verzweifelt versucht habe, in meinem Stammkiosk Glücksspiralen-Spieler zu warnen, kann ich gar nicht mehr zählen. Die hielten mich immer für paranoid. Und jetzt ist es zu spät, denn ich muss los, ins Zeugenschutzprogramm. Ich weiß zu viel.

•

Was mich am Leben stört, ist, wenn mein Navigationssystem mir kackfrech ins Gesicht lügt: »*Sie haben Ihr Ziel erreicht.*« Nein, ich habe mein Ziel *nicht* erreicht. Ganz und gar nicht.

•

Was mich am Leben stört, ist das Marktforschungsdorf Hassloch. Ich verrate euch was: Mein Bruder hat exakt vier Bücher im Regal stehen: »Ich bin dann mal weg« von Hape Kerkeling, »Das Parfüm« von Patrick Süskind, den ersten »Harry Potter« von Joanne K. Rowling und »Generation Golf« von Florian Illies. In seinem CD-Ständer befindet sich ausschließlich Musik von Phil Collins, Sting (die

Solo-Sachen) und Dire Straits. Seine zwei DVDs sind Bullys »Der Schuh des Manitu« und ein Liveprogramm von Mario Barth. Liebe Industrie: Ihr braucht kein Hassloch. Fragt einfach meinen Bruder, was er gut findet. Das läuft dann automatisch wie Hulle. Vielleicht muss es aber auch erst wie Hulle laufen, bis mein Bruder darauf aufmerksam wird, dann macht mich bitte nicht verantwortlich.

•

Was mich am Leben stört, ist, dass ich eben die Bonus-Geschichte zu meinem Bruder vergessen habe: 1991 erlebte ich einen Moment höchsten Vergnügens, als auf MTV (damals noch Musiksender) das »Smells Like Teen Spirit«-Video von Nirvana lief und mein Bruder fast vom Glauben abfiel, weil er dachte, der völlig fertige Typ mit der wilden blonden Mähne sei Sting. Das waren fünf Minuten beigewohnter Welterschütterung der absoluten Premiumklasse.

•

Was mich am Leben stört, ist der peinliche Rüberbeugwinkel meiner Zahnreinigungsfrau, wenn ich ihr auf dem Stuhl tief in die Augen schauen muss, während sie das modrig stinkende Zeug aus meinen Zahnfleischtaschen kratzt. Sie presst dabei ihre festen Äpfelchen unter dem engen Polohemd an mich, was die Situation noch peinlicher macht.

Nach jedem Halbjahrestermin würde ich gerne all meinen Mut zusammennehmen und sie fragen, ob sie mal mit mir ausgeht. Ich traue mich nicht. Ich könnte ein noch so romantisches Dinner bei Kerzenschein organisieren – sie würde bei meinem Anblick sicher doch immer nur den Phantomgestank meines Zahnfleischschmodders in ihrem süßen Näschen verspüren. Und auf dieser Basis, da bin ich Realist genug, kann langfristig keine gesunde Beziehung fußen. Vielleicht habe ich mehr Chancen bei meiner HNO-Ärztin. Die spült mir alle drei Monate das Ohrenschmalz raus.

•

Was mich am Leben stört, ist, dass ich früher bei den Bundesjugendspielen nicht mal eine popelige Siegerurkunde bekommen habe, sondern nur das orangefarbene Blatt Kopierpapier: *»Du hast teilgenommen!«* Sollte es irgendwo auf der Welt ein staatlich finanziertes Forschungsteam geben, das in unterirdischen Geheimlabors die effektivste Erniedrigung selbstbewusstseinsschwacher Fünftklässler erforscht – genau *die* haben sich das ausgedacht. *»Du hast teilgenommen!«* In Orange. Wahrscheinlich, damit man sich als Bundesjugendspiel-Loser beim Anblick all der strahlend weißen Siegerurkunden der Klassenkameraden tröstet: *»Dafür ist meine bunter …«* Ich vermute, selbst wenn man *gar* nicht teilnahm, bekam man immer noch eine Urkunde. Vielleicht auf blau: *»Du existierst!«* Gibt es diese orangene Loser-Beglaubigung heute noch? Ich hoffe ja. Ich selbst bin nicht mehr zu retten, doch schubst bitte auch zukünftige Generationen von fetten Kindern in den Treibsand der Selbstzweifel, dann habe ich beim nie endenden Versinken zumindest Gesellschaft. Marco Kück aus meiner Klasse gewann jedes Jahr sogar eine Ehrenurkunde. Die mit dem goldenen Siegel und unterschrieben vom Bundespräsidenten, wer auch immer das zu meiner Schulzeit gerade war. Gefühlt Theodor Heuss. Marco Kück lief die hundert Meter so schnell, da war ich noch nicht mal fertig mit Stolpern aus dem Startblock. Ob Marco seine alten Ehrenurkunden noch hat? Ich besitze meine *»Du hast teilgenommen!«*-Blätter nicht mehr. Die gehen aber auch schneller verloren, schließlich sind sie selbst den eigenen Eltern zu peinlich zum Aufhängen. Hey, Marco, wo auch immer du heute rennst – Grüße von der Flasche!

•

Was mich am Leben stört, ist, dass ich so schnell Zahnstein kriege. Meine oben erwähnte Zahnreinigungsfrau sagt, das läge an der Zusammensetzung meines Speichels. Lecker. Einmal habe ich phantasiert, ich hätte mir aus all dem Zahnstein, der im Laufe der Jahre von meinem Gebiss gekratzt wurde, eine Traumvilla auf Mallorca gebaut. Das war eine Mörderhütte – zwanzig Zimmer, Riesen-Dachterrasse. Und echt massiv, denn härter als mein Zahnstein geht es nicht. Oben aus dem Fenster mit Meerblick habe ich in meiner Phantasie glücklich rausgewunken. Ich hatte ein strahlend weißes Lachen.

•

Was mich am Leben stört, ist der Satz »*Du siehst richtig erholt aus!*«. Ich erkenne darin nie das aktuelle Kompliment, sondern nur die rückdatierte Beleidigung.

•

Was mich am Leben stört, ist, dass wir zwar Augenlider besitzen, aber keine Ohrenlider. Das hatte zu Zeiten, in denen wir noch mit Keule in der Hand in ständiger Angst nächtigten, vom Säbelzahntiger überrascht zu werden, sicher seinen guten Grund. Solltest du es aber noch nicht mitgekriegt haben, geschätzte Evolution: Heute gibt es keine Säbelzahntiger mehr. Dafür umso mehr Godzillas in der Wohnung über uns, die die ganze Nacht ohne Trittschalldämpfung durchstampfen. Liebe Evolution, bei allem Respekt für dein bisheriges Lebenswerk: Hier hast du gepennt. Im Gegensatz zu mir, der wieder die ganze letzte Nacht wachlag wegen des Fersentramplers über mir. Ich bin aber zuversichtlich, du wirst auf den veränderten Lebensraum des modernen Menschen bald reagieren. Über die nächsten drei oder vier Generationen werden Ärzte bei uns Menschen einen winzig kleinen Hautknubbel im Ohr entdecken, den sie sich zunächst nicht erklären können. Da wächst dann über weitere drei oder vier Generationen das neue Ohrenlid raus. Mir selbst in meinem hellhörigen Altbau nützt das leider nichts mehr. Irgendwo da oben weint Charles Darwin bei meinem übernächtigten Anblick eine Träne der Rührung.

•

Was mich am Leben stört, ist, dass ich nicht an Feng Shui glaube. Ich wäre so gerne davon überzeugt, mein Leben sei verkorkst, weil ich Blödmann den Sofatisch falsch hingestellt habe.

•

Was mich am Leben stört, ist die Verabschiedung »In diesem Sinne«. In *welchem* Sinne? Das passt doch meist vorne und hinten nicht. »*… Du, jetzt muss ich aber los, Steffi vom Arzt abholen – die hat Magen-Darm, hängt schon das ganze Wochenende auf der Schüssel … In diesem Sinne!*« Wie bitte? Wünscht der mir die Scheißerei? »*… Na ja, lange Rede – jedenfalls hat der Typ sich dann auf dem Dachboden erhängt, ganz schlimme Geschichte … Also, in diesem Sinne!*« Hä? Muss ich mir Sorgen machen? Ich kapiere euch nicht. In diesem Sinne.

•

Was mich am Leben stört, sind die Kontaktschwierigkeiten meines alten Verstärkers. Er erinnert mich an mich selbst.

•

Was mich am Leben stört, ist, dass New York hoffnungslos überbewertet ist. Ich kann es beurteilen, ich war dort. Es ist die Stadt, die niemals schläft. Dafür ist es die Stadt, die immer stinkt. In der Subway waren es gefühlte 135 Grad Celsius, von oben tropfte es durch die Decke, ich kam mir vor wie in einem Ratten-Saunaclub. Später stand ich vor dem Dakota, wo John Lennon ermordet wurde, und glotzte blöd auf das Haus. *»One of the city's most legendary landmarks!«*, behauptete mein Reiseführer. Da erwartete ich für New-York-Verhältnisse natürlich einen absoluten Burner. Ich wäre fast dran vorbeigelaufen. Alle um mich herum knipsten sich begeistert die Finger wund. Ich selbst war zu beschäftigt, mir das Haus in meinem Kopf, der wusste, dass ich für zehn Tage New York über zweitausend Euro hingeblättert hatte, künstlich hochzujubeln: *»Geil, ich bin in New York. In New York! In DEM New York!! Und das hier ist das Dakota, eine der Citys megalegendärsten Landmarks! Und überhaupt: Hier wurde John Lennon ermordet! Pass bloß auf, dass du dir keine historische Erkältung holst, SO sehr weht dir gerade der Wind der Geschichte um die Nase!«* Leider kühlte selbst dieser im Drecksmoloch New York nicht. Schwitzend und stinkend wie der letzte Heckenpenner verdrängte ich den sich zu Wort meldenden Gedanken, dass ich statt für über zweitausend Euro zum New Yorker Dakota auch mit einer 1,30-Euro-HVV-Kurzstreckenkarte zum Hamburger Rathaus hätte fahren können, um das beeindruckendere Gebäude zu sehen. Außer natürlich, dass dort keiner von den Beatles ermordet wurde. Aber selbst das ließe sich noch ändern, wenn Paul McCartney das nächste Mal in Hamburg spielt. Ich glotzte das Dakota weitere fünf sehr lange Minuten an, damit ich später kein schlechtes Gewissen haben musste, New York nicht intensiv genug aufgesaugt zu haben. Dann arbeitete ich pflichtbewusst dic nächsten Stationen ab. Empire State Building, Rockefeller Center, Chrysler Building, 9/11 Memorial, Freiheitsstatue, Battery Park. Nach acht Tagen New York hatte ich endgültig keinen Bock mehr und schaute in meinem Hotelzimmer Filme auf dem iPad, bis endlich der Rückflug anstand. Aus dem kleinen Fenster des Flugzeuges Richtung Heimat blickte ich sentimental zurück. New York – du hast mich inspiriert. Inspiriert, so schnell nicht wiederzukommen.

•

Was mich am Leben stört, ist, dass ich zwar schon in New York war (s. o.), aber noch nie in Bielefeld.

Ob dieser innere Konflikt Udo Jürgens auch ein »Ich war noch niemals in Bielefeld« wert gewesen wäre, oder geht das frühestens los ab, sagen wir mal, Prag?

•

Was mich am Leben stört, ist, dass ich nicht Werner Herzog bin. Werner Herzog lebt in nur einer einzigen Sekunde mehr als wir Unwürdigen in all unseren kompletten lachhaften Leben zusammen. Er ist das fleischgewordene intensive Sein. Mehr Saft als Werner Herzog kann man nicht rausquetschen aus der Zitrone unserer Existenz. Gerne erfinde ich Begebenheiten über Werner Herzog, die zwar überhaupt nicht wahr sind, aber bei Herzog – und *nur* bei Herzog! – absolut möglich wären. Zum Beispiel, dass Werner Herzog für einen Film ein weißes Krokodil hypnotisiert hat, damit es tanzt wie Fred Astaire. Oder dass Werner Herzog schon durch den Atlantischen Ozean von Montevideo bis nach Kapstadt geschwommen ist, nur um seinem besten Freund ein Stück seiner Lieblingsschokolade zu bringen. Würde mich aber auch nicht überraschen, wenn Herzog selbst dazu sagt: *»Wieso erfunden? Habe ich alles tatsächlich gemacht.«* Werner, ich verneige mich vor dir. Und stehe nie wieder auf.

•

Was mich am Leben stört, sind Jogger, die ich in meinem normalen Spaziergehtempo überhole. Ja, genau ihr: Kommt ihr euch nicht selbst bescheuert vor?

•

Was mich am Leben stört, ist Diskutieren bis in die Nacht. Dass Volker Lechtenbrink das mag, hat er sich damals für seinen Caro-Landkaffee-Song doch bloß ausgedacht. Auf so was stehen höchstens echte Aggros, und wie heißt es im Volksmund so weise: Schlechte Menschen haben keinen Kaffee. Erst recht nicht Caro, den korngesunden Landkaffee. Du bist ein Lügner, Lechte. Trotzdem eine frisch gebrühte Tasse auf dich.

•

Was mich am Leben stört, ist, dass ich ein solch dunkler Fürst der Manipulation bin. Mit meinen diabolischen Psychotricks mache ich die Menschen um mich herum zu willenlosen Sklaven. Beispiel: In meiner Lieblings-Eisdiele »Eiszeit« kriege ich immer ein klein wenig größere Kugeln als die anderen. Mein Trick ist, dass ich nicht – wie blutige Amateure – gleich *alle* Sorten auf einmal ansage, sondern immer erst warte, bis die jeweilige Kugel fertig ist. Wenn die »Eiszeit«-Bedienung nämlich die nächste Sorte noch nicht im Kopf hat, ihr Hirn mangels Information die Hand noch nicht rüberzuführen vermag, streicht sie mit der Kelle einmal mehr übers Eis. Immer. So komme ich an größere Kugeln, ohne dass das arme »Eiszeit«-Mädchen überhaupt eine Chance hat zu begreifen, was ich mit ihr anstelle. Das ist Psychologie in ihrer tiefschwärzesten Form. Manchmal frage ich mich, wie ich nachts überhaupt noch schlafen kann. Der freie Wille? Eine Illusion. Zumindest in meiner »Eiszeit«-Filiale.

•

Was mich am Leben stört, ist, dass meine Halloween-Verkleidung jedes Jahr so aufwendig ist. Es dauert ewig, bis es endlich so aussieht, als stecke unter der Maske ein Mensch.

•

Was mich am Leben stört, ist der 16. August 1977. Der Tag, an dem Elvis starb. Der hätte nicht sein müssen, da hätte der Kalender lieber einen Tag übersprungen und dafür einen 29. Februar mehr rausgehauen. Dann würde Elvis heute noch leben und fantastische Spätwerk-Platten mit Rick Rubin machen. Es schmerzt, dass der Geist des King in den letzten 35 Jahren scheinbar jedem kiffenden Hänger, der gerade mal »Love Me Tender« mitsummen kann, an der Supermarktkasse erschienen ist, mir als echten Hardcore-Fan jedoch nie. Aber gut, das nehme ich nicht persönlich – so ist er halt, der Humor von Elvis. Manchmal entdecke ich Tourplakate von geldgeilen Ex-Elvis-

Muckern, die live zu alten Videoaufnahmen des King spielen. Lasst es. Lasst es einfach sein. Darüber könnte selbst euer früherer Chef nicht lachen, und der hat sich auf der Bühne über so ziemlich *alles* bepisst. Seid dankbar, dass ihr überhaupt mit dem King habt spielen dürfen. Ich hätte mein rechtes Bein dafür gegeben, mein linkes dazu, wenn man mich dann auf die Bühne getragen hätte, nur um einmal zusammen mit Elvis zu rocken. Ich kann aber nur Triangel und kenne leider keinen Elvis-Song, der live mit Triangel-Arrangement signifikant genug gewänne, um eine solche musikalische Kollaboration zu rechtfertigen. Vielleicht bei »Sweet Caroline« das »Ding-Ding!« während der Strophe. Geschrieben von Neil Diamond – auch so ein alter Recke. Aber natürlich längst nicht so gut wie Elvis. Wer ist das schon? Höchstens der Elvis im Paralleluniversum, wo Elvis noch lebt. Aber das ist ein anderes Thema.

•

Was mich am Leben stört, sind Kameras mit »Smile Shutter«-Funktion, die erst dann auslösen, wenn sie ein Lächeln identifizieren. So wird das nie was mit dem Portraitfoto von mir.

•

Was mich am Leben stört, ist, dass Dummheit nie stirbt. Falls doch, nutzt sie mich als Medium.

•

Was mich am Leben stört, ist, dass ich *vor* dem Joggen depressiv-verzweifelt bin und *nach* dem Joggen lebensfroh-zuversichtlich. Welcher der beiden Zustände ist die korrekte Einschätzung meiner Situation: Bin ich vorher zu pessimistisch oder nachher zu optimistisch? Wäre ja erbärmlich, sich wegen ein paar ausgeschütteter Endorphine selbst zu betrügen. Manchmal jogge ich nur ganz leicht eine Viertelstunde, danach bin ich gefühlsmäßig neutral in der Mitte und spüre gar nichts. Der unangenehmste Zustand ist das nicht.

•

Was mich am Leben stört, ist dieses verstörend warme Gefühl, wenn ich im Bus frisch den Sitzplatz eines anderen übernehme. Die einen haben Patenkinder, die anderen Schwippschwager – ich habe tausende Arschbrüder und Arschschwestern.

•

Was mich am Leben stört, ist, dass ich mich im Fitnessstudio jedes Mal böse verletze. Nämlich an meinem Selbstbewusstsein, wenn ich in der Umkleide die nackten Oberkörper der anderen sehe.

•

Was mich am Leben stört, ist, dass im Sommer ab vier Uhr morgens zwitschernde Vögel genauso nerven wie rauschende Autos, man das aber nicht öffentlich zugeben darf. Ich brauche zum Weiterschlafen Ohropax für *beides*, meine Ohren machen keinen Unterschied zwischen gutem und schlechtem Lärm. Wie gerne hätte ich ein idyllisches Häuschen auf dem Land, wo keine Autos fahren, aber auch keine Vögel zwitschern. Vermutlich findet sich so etwas nur irgendwo mit jüngerer Atomkraft-Störfallvergangenheit. Im Sommer ab vier Uhr morgens denke ich manchmal im Halbschlaf: Das wäre es mir wert.

•

Was mich am Leben stört, ist der Tod von Fred. Ich erfuhr es gerade aus der Zeitung, und obwohl ich Fred nicht persönlich gekannt habe, berührt mich sein Dahinscheiden mehr, als ich es für möglich gehalten hätte. Im Kreise seiner Liebsten ist er im Alter von 41 Jahren verblichen. Gekämpft, gehofft und doch verloren. Sofern ich dem Panorama-Teil meiner Tageszeitung Glauben schenken darf (und das tue ich immer), war Fred damit der offiziell älteste Goldfisch der Welt. So unfit, wie ich mich fühle, erreiche ich nicht mal die 41. Heißt im Klartext: Dieser dämliche Goldfisch wird ein längeres und erfüllteres Leben geführt haben als ich. Ist das bitter? Ich glaube, ich wäre sogar als depressiver Goldfisch trotzdem noch glücklicher als jetzt. Fische sieht im Wasser keiner weinen.

•

Was mich am Leben stört, ist, wenn mich jemand ermahnt: »*Guck nicht so grimmig!*« Ich guck nicht grimmig – das ist meine ganz normale Gesichtsanatomie. Ich würde auch haargenau so gucken, wenn ich gerade den Lotto-Jackpot geknackt hätte und gleichzeitig eine endlose Rolle Luftpolsterfolie zerknacken dürfte. Der Vorteil an einer solchen Visage ist natürlich, dass meine Mitmenschen auch auf dem anderen Ende der Emotionsskala keine Ausschläge zu befürchten haben. Will heißen: Auch wenn ich fast explodiere vor Wut, gucke ich exakt genauso, als ginge es mir normal. Oder eben sogar, als würde ich mich tierisch freuen. Alles derselbe Gesichtsausdruck. One look fits all. Mancher nennt es Autismus. Ich nenne es das Antlitz der Verlässlichkeit.

•

Was mich am Leben stört, ist, dass ich auf eine einsame Insel nur eines mitnehmen könnte: meine Inselbegabung.

•

Was mich am Leben stört, ist, dass ich seit einigen Tagen Single bin. Genauer gesagt: seit 12 740 Tagen.

•

Was mich am Leben stört, sind Menschen, die auf die Frage »*Was ist dein Lebensmotto?*« antworten: »*Carpe Diem – Lebe den Tag!*« Erstens: Ich weiß, was das heißt – ihr braucht mir keine halbgare Übersetzung mitzuliefern, nur weil ich in euren Augen *nicht* nach Carpe Diem aussehe. Und zweitens: Ich habe den »Club der toten Dichter« auch gesehen. Also tut nicht so, als sei das auch schon vorher euer Motto gewesen. Der Film ist okay, aber mein Lebensmotto bleibt *»Nano-Nano!«*, denn als Mork vom Ork fand ich Robin Williams besser. Doch ich möchte mit euch nicht streiten. Ihr seid schließlich genug gestraft mit eurem Carpe Diem. Kennt ihr die Mork-vom-Ork-Folge, wo alle Schüler für Mork auf den Tisch steigen und rufen: *»Oh Käpt'n, mein Käpt'n«?* Die ist toll, da muss ich immer weinen. Ich glaube, insgeheim findet ihr es jammerschade, dass wir als Erwachsene keine Poesiealben mehr tauschen. Dann könntet ihr unter »Mein Lebensmotto« immer stolz reinschreiben: *»Carpe Diem – Lebe den Tag!«* Wir sollten diese Spalte ersatzweise einführen auf Hotelformularen oder auf Personalausweisanträgen. So könnten endlich alle, die es noch *nicht* wissen (viele sind das ja nicht), euer hammermäßiges Lebensmotto erfahren. Robin Williams war übrigens auch nicht schlecht als Popeye. Den Streifen guck ich jetzt. Dann ist dieser Tag auch endlich gelebt.

•

Was mich am Leben stört, sind Bands, die sich selbst mit den Worten beschreiben: *»Unsere Musik kann man in keine Schublade stecken.«* Das ist richtig, denn man steckt sie in den Mülleimer.

•

Was mich am Leben stört, ist, dass mein Umfeld mir zwar oft Ratschläge gibt »*als dein Freund*«, aber nie »*als dein Feind*«. Würde letztere Gruppe ihre Tipps netterweise ebenso spezifizieren, könnte ich diese viel leichter einordnen.

•

Was mich am Leben stört, ist das Plakat an meiner Bushaltestelle: »*Setz auf dich selbst: Helpline Glücksspielsucht! 040 – 24 33 33*«. Bin direkt ins Casino und habe voller Hoffnung auf deren Zahlen gesetzt. Alles verloren.

•

Was mich am Leben stört, ist auf öffentlichen Toiletten das Schild »*Verlassen Sie diesen Ort bitte so, wie Sie ihn vorfinden wollen!*« – wo kriege ich auf die Schnelle eine Discokugel und zehn Stripperinnen her?

•

Was mich am Leben stört, ist, dass es ein Wunschkonzert ist. Nur die Hits hat meines leider nicht im Repertoire.

•

Was mich am Leben stört, ist, dass ich in der Schule sechs Jahre Französisch hatte und heute doch nur noch zwei Sätze kann: »*Un billet de cinéma, s'il vous plaît!*« und »*Je voudrais une crêpe au Nutella!*« Was mich dagegen nicht stört, ist, dass diese beiden Sätze empirisch belegt völlig ausreichen, um die großartigsten vier Wochen seines Lebens in Paris zu verbringen.

•

Was mich am Leben stört, ist das Ausstehen der Meldung: »*Carlos Slim Helú knackt Lotto-Jackpot!*« Ich fänd's lustig.

•

Was mich am Leben stört, sind diese Macker in E-Mails: :-) ;-) :-(;o) =) :-P :]. Auch Satzzeichen haben ein Recht auf Würde.

•

was mich am leben stöhrt ißt der verfall der kominukation in internetforen mir geht das nicht schnellgenug wenn irgendwnn alle nur noch soschreiben und denken könn en wie ich jetzt grad dann bin ich mit meiner mitelmäsigen bildung auf einmal derkönig der inttelektuelen!!!!1!!!!1111EINS!!!!!!ONE!!!!!!!!1!! das istder trick zur weltherschaft nich man selber mus schlauer werden sondarn einfach nur geduldig abwartenbis allanderen um einen herum dummgenug sind lang kan dass nicht mehrd auern wenn ich so in internet sürfe......... dann bin ich unter den trotteln plotzlich der slottterdijikk oder wieder heist!!!!!!111!!UNO!!!!1!! Один!!111!!! darauffreure ich mich :)))))))))

•

Was mich am Leben stört, sind Leute mit Depressionen. Könnten die sich endlich zusammenreißen und ständig müde sein, sich nicht mehr waschen und zehn Stunden am Tag die Wand anstarren wie ich normaler Mensch auch?!

•

Was mich am Leben stört, ist, dass ich gerade eben ein klein wenig zu flapsig umgegangen bin mit einem sehr ernsten Thema. Ich möchte daher für einen Moment aus meiner ironiegepanzerten Rüstung schlüpfen und offen dazu stehen: Ja, ich habe Depressionen. Erst neulich war ich beim Arzt: *»Ich bin ständig müde, sehe alles wie durch einen Schleier, fühle mich, als stände ich neben mir, und kann nicht mehr klar denken.«* Arzt zu mir: *»Das klingt nach versteckten Depressionen.«* Ich zum Arzt: *»Was heißt hier ›versteckt‹? Herbert, Heinz, Anton, Silvia – kommt raus und stellt euch vor!«* Meine Depressionen hüpften auf den Schreibtisch. Sprachführer Herbert zum Arzt: *»Schönen guten Tag, wir sind Lars ihm seine Depressionen!«* Herbert ist höflich, aber grammatikschwach – wir arbeiten dran. Der Arzt ignorierte ihn, meinte zu mir: *»Die Depressionen müssen weg.«* Ich erschrak und legte schützend meine Hände um meine Kleinen: *»Ja, sind Sie denn bekloppt?! Die sind als Autor mein KAPITAL! Ohne meine Depressionen kann ich direkt Hartz IV beantragen und lande irgendwann auf der Straße, und das macht mich dann WIRKLICH depressiv …«* Herbert triumphierend zum Arzt: *»So* *tut's nämlich mal aussehen!*« Ich zu meinen Depressionen: »*Herbert, Heinz, Anton, Silvia – kommt, wir gehen!*« Ohne uns noch einmal umzudrehen, fuhren wir zurück in meine schöne, warme Wohnung.

•

Was mich am Leben stört, sind Romantiker vor mir am Geldautomaten. Die sich dem Gerät schüchtern nähern, ob sie wirklich den ersten Schritt wagen oder sich mehr Zeit lassen sollen. Das allein dauert schon mal ewig – doch ich in der Warteschlange dahinter zeige, wie es meine Natur ist, Verständnis. Ich habe es zwar eilig, will dem jungen Glück aber nicht im Wege stehen. Irgendwann trauen sich diese Romantiker dann doch und führen ihre EC-Karte mit zittriger Hand langsam, gaaaaaanz langsam in den engen Schlitz des Geldautomaten. Danach streicheln sie gefühlvoll über das Tippfeld, selbstverständlich nur ganz zart, bloß nichts drücken! Sie wollen das gerade erst gekeimte Vertrauen durch eine falsche Berührung nicht gleich wieder kaputtmachen. Ich warte weiter und weiter, erfüllt von solcher Rührung, dass ich inzwischen die Faust in der Tasche ballen muss, um so viel wahrhaftige Liebe überhaupt auszuhalten. Wenn diese Romantiker dann fertig sind, gehen sie nicht etwa zur Seite, damit ich endlich als Nächster dran kann. Sie stehen noch lange vor dem

Automaten, der längst wieder *»Bitte Karte einführen«* anzeigt, und zählen dreimal ihr Geld nach, das sie für die schöne Zeit zu zweit bekommen haben. So stellt sich am Ende raus: Es sind gar keine Romantiker. Es sind ganz gewöhnliche Callboys. Und der Automat, der seinen Schlitz direkt dem Nächsten öffnet, ist eine Nymphomanin, die für Zärtlichkeit zahlt. Mein Glaube an die Liebe starb in der Haspa-Filiale Osterstraße 17.

•

Was mich am Leben stört, ist, dass ich nach jedem schrecklichen Tag feststellen musste: Ob mächtigster Imperator oder einfachster Bauer – tief im Herzen sehnen wir uns doch *alle* nach einem Mädchen, das uns in der dunkelsten Stunde, wenn der ganze Wahnsinn über einen zusammenbricht, einfach sanft durchs Haar streicht und verspricht: *»Alles wird gut.«* Wo finde ich meine Göttin der Lüge?

•

Was mich am Leben stört, sind Krankenkasse, Haftpflicht, private Rentenvorsorge, Steuererklärung und all das andere Zeug. Oft überlege ich, eine Bank zu überfallen – nicht, um die Kohle ranzuschaffen, sondern um mich im Knast um den ganzen Kram endlich nicht mehr kümmern zu müssen.

•

Was mich am Leben stört, ist, auf der Straße angequatscht zu werden: »*Focus, kostenlos?*« Nein, danke. So verzweifelt bin selbst ich noch nicht.

•

Was mich am Leben stört, sind Menschen, die in geschlossenen Räumen Sonnenbrille tragen. Ich meine nicht die Blinden – ich meine die Arschlöcher.

•

Was mich am Leben stört, sind alle Menschen, die beim Tod von Lady Di, Michael Jackson, Amy Winehouse und / oder Whitney Houston geweint haben, ohne sie persönlich zu kennen. Ich möchte mit euren salzigen Tränen einen Pool füllen, in dem ich mich auf dem Rücken zum Nachdenken treiben lassen kann. Lang genug, bis ich mir sicher bin: Solange wir ausreichend Tränen übrig haben, um völlig Fremde zu beweinen, kann es uns so schlecht noch nicht gehen.

•

Was mich am Leben stört, ist, dass meines nicht von Manufactum stammt. Ich hätte mich an der höherwertigen Version erfreut.

•

Was mich am Leben stört, ist Carsten Maschmeyer.

•

Was mich am Leben stört, ist, dass ich mit dem romantischen Gedicht über meine erste Liebe einfach nicht vorankomme. Hat jemand zufällig einen guten Reim auf »Vollkatastrophe«?

•

Was mich am Leben stört, sind Hausstaubmilben. Gegen deren Kot bin ich allergisch. Neulich nachts hatte ich ein Zwiegespräch mit einem dieser kleinen Viecher. Es saß plötzlich einfach so auf meiner Bettdecke. »*Warum tut ihr mir das an?*«, fragte ich die Hausstaubmilbe mit gequältem Blick. »*Pardon, wir müssen auch kacken …*«, antwortete sie. »*Genau wie ihr.*« Das leuchtete mir irgendwie ein, und ich bekam feuchte Augen. Vor Allergie, nicht vor Rührung.

•

Was mich am Leben stört, ist, dass das Anspringen meines Radioweckers exakt so klingt wie das Abschwellen meiner Nasenschleimhaut. Ich weiß, der Identifikationsfaktor mit dem so ungemein befriedigenden »*GENAU so isses!*«-Effekt wird den meisten hier fehlen, aber so ist es nun mal – zumindest bei mir. Es handelt sich um ein ganz leises Knacken, das ich in meinen Ohren identisch sowohl höre, wenn mein Nasenloch endlich wieder frei wird, als auch, wenn bei meinem Wecker der Uhrzeit- auf den Alarmzeiger springt. Die Folge: Täuschung in beide Richtungen. Manchmal denke ich im Halbschlaf kurz: »*Geil, Nase wieder frei!*« – und dann muss ich aufstehen. Umgekehrt ist es schöner: »*Scheiße, muss aufstehen …*« – hey, die Nase ist wieder frei! Sollte es nur einen einzigen Leser da draußen geben, der jetzt mit einem verblüfften »*Potzblitz, ja, GIBT'S denn das?!*« vom Stuhl aufspringt, weil er das auch kennt – dann haben sich diese Worte schon gelohnt. Keiner? Schade.

•

Was mich am Leben stört, ist, dass Lee Hazlewood und Lee Marvin nie ein gemeinsames Album namens »Lee & Lee« aufgenommen haben. Es wäre die beste Scheibe aller Zeiten geworden. Und die bassigste.

•

Was mich am Leben stört, ist, dass ich einfach nicht gemacht bin für diese Zeit. Ich fürchte aber, für alle anderen Zeiten auch nicht.

•

Was mich am Leben stört, ist, dass ich selbst heute, als gereifter Erwachsener, noch immer überwältigt werde von der Hässlichkeit des Li-La-Launebärs. Wenn ich an dieses gottlose Stück Stoff nur denke, wird mir schwindelig. Der ein oder andere Gesegnete kennt den Li-La-Launebär vielleicht nicht mehr, daher zur Info: Früher gab es auf RTL immer sonntags eine Kindersendung mit einem Typen namens Metty und eben diesem … dieser Kreatur. Meine Herren, war der Li-La-Launebär hässlich. Das ist heute gar nicht mehr vorstellbar.

Zudem war er auch noch, wenn ich mich korrekt erinnere, ein elender Klugscheißer, das weiß ich aber nicht mehr hundertprozentig. Hier möchte ich dem Li-La-Launebär kein Unrecht tun. Aber hässlich wie die Nacht war er. Und zwar so was von. Ich halte den Li-La-Launebär nicht erst rückblickend für das abstoßendste Plüschgeschöpf, das je in einer Irrenanstalt im Vollmondschein genäht wurde – ich war schon damals von ihm angewidert. Und das will was heißen, schließlich liebt man als Kind eigentlich *jedes* Stofftier. So was wie den Li-La-Launebär hätte Steiff schon nach der ersten Ultraschall-Qualitätskontrolle abgetrieben. Metty mit der frechen Igelfrisur und Puppenspieler Dieter Kieselstein, der laut Google hinter dem Li-La-Launebär steckt, sollen in der Hölle schmoren. Dort werden sie sich in lodernden Flammen die Seele aus dem Leib schreien, während der Teufelsbär die beiden auslacht. Dann wissen Metty und Kiesel endlich, wie es sich ihretwegen anfühlt, mit dem RTL-Kinderprogramm groß geworden zu sein.

•

Was mich am Leben stört, sind »Gefühlte Quadratmeter«. Ich plante mal Urlaub auf Sylt, da bin ich auf eine Agentur gestoßen, die ihre Ferienwohnungen tatsächlich nur in diesen »gm²« angibt. Auf den Fotos sahen die Wohnungen toll aus, aber das war mir doch zu riskant. Was, wenn ich ganz anders fühle und vor Ort nur die *halbe* Quadratmeterzahl verspüre? Das wäre dann volle gefühlte Verarschung. Das Problem hat sich zum Glück von selbst gelöst: Ich hatte nach einem Blick auf meinen Kontostand plötzlich das Gefühl, dass ich mir Sylt überhaupt nicht leisten kann.

•

Was mich am Leben stört, sind meine kleinen Denkfehler. Neulich wartete ich an der Haltestelle auf den Bus und entdeckte beim ungeduldigen Blick auf den Plan, dass der nächste erst in knapp fünfzehn Minuten kommt. Da dachte ich mir spontan: »*Gut, dann geh ich schon mal zu Fuß 'ne Station vor, spart Zeit …*« Erst auf halber Wegstrecke habe ich mich für meinen Verstand plötzlich sehr, sehr geschämt.

•

Was mich am Leben stört, ist, dass jahrelange Einsamkeit schizophren macht. Aber keine Sorge – wir geben mein Bestes, dass uns das nicht passiert.

•

Was mich am Leben stört, ist die Schaffner-Durchsage im Zug: »*Bitte alles aussteigen!*« Nicht »alle« – »*alles*«. Wir sind für die Deutsche Bahn keine Menschen. Wir sind irgendein undefiniertes Etwas.

•

Was mich am Leben stört, ist Rach, der Restauranttester. Ich hege keinen Groll gegen Christian Rach persönlich – im Gegenteil, er ist der wohl einzige Fernsehkoch mit einem IQ über dem seiner Zutaten. Allein: Ich kriege bei seiner Sendung immer tierischen Heißhunger. Einmal hat Rach den »Entenjakob« gerettet, da überfiel mich abends um halb zehn auf meinem Sofa ein geradezu animalisches Verlangen nach knuspriger Ente mit Röstis und Rotkohl. Leider hatte ich nur Letzteren im Haus, und für Entenjagd an der Alster war es schon zu dunkel. Ich habe dann aus Verzweiflung den Rotkohl pur gefressen. Kalt aus dem Glas. Seither verpasse ich nie die Vorschau, wo Restauranttester Rach in der nächsten Woche sein wird, um rechtzeitig einkaufen zu können.

•

Was mich am Leben stört, sind Tagliatelle. Verwöhnen am verführerischsten den Gaumen, kleben am fiesesten im Topf. Wie kein anderes Nudelerzeugnis stehen die janusköpfigen Tagliatelle für den grausam hohen Preis, den wir für jeden kleinsten Moment des Glückes zahlen. Farfalle sind pflegeleichter, die Flügelchen kannst du, wenn sie wieder hart sind, einfach zurück in die Packung werfen. Eine revolutionäre Nudelsorte, die den sinnlichen Genuss von Tagliatelle mit dem pragmatischen Design von Farfalle vereint, würde mein Vertrauen in die Menschheit wieder stärken. Aber da kann ich Träumer ja gleich auf die Quadratur des Kreises hoffen.

•

Was mich am Leben stört, sind all die schönen Sätze, die nie aus meinem Mund erklingen werden: *»Du bist in Hamburg? Kannst bei mir pennen!«* – *»Klar lege ich was zurück für meine Altersvorsorge!«* – *»Genau, ich will was spenden!«* – *»Das Buch finde ich besser als den Film!«* – *»Die Hauptstadt von Burkina Faso? Ouagadougou!«* – *»Ich liebe dich.«* Es sind alles qualitativ hochwertige Sätze, keine Frage, aber für meinen Mund leider nicht gemacht. Mögen andere damit mehr anfangen können.

•

Was mich am Leben stört, ist, dass ich mir als Kind die »Yps«-Urzeitkrebse geholt habe, dann aber nicht mehr genug Taschengeld übrig hatte, um das Heft mit dem *Futter* für die Urzeitkrebse zu kaufen, so dass sie direkt verhungert sind. Liebe Frauen, die mit mir verantwortungsvollem Versorger unbedingt eine Familie gründen wollen – bitte nicht alle auf einmal!

•

Was mich am Leben stört, ist das Fehlen eines Gesetzes, das es mir erlaubt, die Personalausweisdaten all derjenigen aufzunehmen, die mir im überfüllten Bus ins Gesicht husten und niesen.

So könnte ich, sollte ich eine Grippe kriegen, meinen persönlichen »Outbreak«-Affen aufsuchen und ihm, zumindest im Rahmen der verbleibenden Kräfte, die Meinung fiedeln. Stattdessen sitze ich zitternd mit vierzig Grad Fieber zu Hause und habe für meine Wut zwar noch das in meinem fotografischen Gedächtnis abgespeicherte Gesicht, aber keine Möglichkeit mehr, mir den unbekannten Kerl oder die unbekannte Alte zu krallen. Ein einziges Mal hatte ich Glück, da habe ich, wie der Zufall es wollte, 3 ½ Jahre später einen meiner Todesengel wiedererkannt, der mich im Winter 2005 in der Linie 4 Richtung Wildacker angesteckt hatte. Höhe Bundesstraße, um präzise zu sein. Der war fällig. Aber ansonsten: Vergiss es. Keine Chance. Fun Fact #183: Ich hätte ein viel kleineres Problem damit, wenn mich beispielsweise ein vergripptes Nobelpreisträger-Genie ansteckt anstatt eines vergrippten Asi-Punks. Ehrlich, da würde ich mich bloß einen Bruchteil so sehr aufregen, ich schätze mal grob: nur circa zehn Prozent von der Kioskbesitzerinfluenza. Ich weiß nicht, ob mich das zu einem oberflächlichen Menschen macht. Ich weiß nur, dass ich Grippe echt ätzend finde.

•

Was mich am Leben stört, sind die Riesenschnitzel bei »Erikas Eck«. Diese unfassbaren Lappen, die so weit über den Tellerrand hinaushängen, dass sie beim Herantragen an deinen Tisch auf dem Boden schleifen. Schmecken tun sie sensationell. Aber das ist natürlich keine Gastfreundschaft mehr – das ist pure Gehässigkeit. Erika will dich mit ihren Mutantenschnitzeln fertigmachen. Erst schreitest du dickeierig durch die Tür, weil es hier das größte Schnitzel der Stadt gibt, und dann wirst du gedemütigt, weil du Mimose es nicht aufgegessen kriegst. Daran hat Erika heimlich Freude, aus dem Brechen deines Willens schöpft sie Lebenskraft, anders lassen sich ihre Schnitzel mit den Abmessungen eines mittelgroßen Bundeslandes nicht erklären. Von den Speckbratkartoffeln *unter* dem Schnitzel, zu denen du dich erst mühsam mit dicken Schweißperlen auf der Stirn vorarbeiten musst, ganz zu schweigen. Ein einziges Mal habe ich meinen Teller leergekriegt – in dieser Nacht habe ich schrecklich geschlafen. Ich träumte, Jesus war ein Riesenschnitzel, den ich zunächst aus Spaß mit dem Fleischklopfer ans Kreuz nagelte und danach samt seiner zwölf Speckbratkartoffel-Jünger verspeiste. Es ist pervers, was bei »Erikas Eck« abgeht. Aber auch pervers lecker.

•

Was mich am Leben stört, sind offene Wohnungsbesichtigungen. Die kommen hier in Hamburg noch vor offener Tuberkulose.

•

Was mich am Leben stört, ist, dass ich meinen Kummer gerne in Schweineschnitzel ertränke. Nicht nur bei »Erikas Eck«, auch im »Schweinske«, Reeperbahn 157. »*Wie immer?*«, fragt mich das Mädchen in den engen Blue Jeans und dem Shirt mit dem fröhlichen Schweinekopf auf der Brust. »*Wie immer …*«, murmele ich. Die Schweinske-Bedienung ist schlank und schön. Ihre Gäste sind es nicht. Das Schnitzel, das ich mir reinpfeife, ist viel kleiner als das bei Erika, darum bin ich schneller fertig und kann die anderen Fresser um mich herum beobachten. Sie sehen traurig aus, wahrscheinlich noch trauriger als die Schweine auf der Schlachtbank, bevor sie hier auf unseren Tellern landen. »*Darf ich dich in meinem Buch beschreiben?*«, frage ich die schöne Schweinske-Bedienung, während sie die Reste meines Fressanfalls abräumt. Ich darf.

•

Was mich am Leben stört, ist, dass ich ab einer gewissen Anzahl Bekannten, die ich nicht zufällig beim Einkaufen treffen will, immer umziehen muss in eine andere Stadt. Einer hier in Hamburg fehlt noch, dann ist die Zwölfer-Karte wieder voll.

•

Was mich am Leben stört, ist, dass ich kein Kinobesitzer bin. Ich wäre der tollste Kinobesitzer der Welt. Meine großartigen Midnight-Doublefeatures sprächen sich schnell herum – zum Beispiel George A. Romeros »Dawn Of The Dead« und »Top Hat« mit Fred Astaire und Ginger Rogers: »Dawn Of The Top Hat«. Oder auch: Erst »Zurück in die Zukunft«, danach gleich *noch* mal »Zurück in die Zukunft«. Ich liebe Filme, ich habe sie schon als Kind geliebt. Äußerlich war ich blass, doch innerlich sonnte ich mich schon damals in der wunderbaren Gewissheit: Filme sind die besseren Freunde – wenn einer nervt, kann man ihn einfach abschalten. Zudem korrigiere ich einfach wahnsinnig gerne Menschen, die meiner Meinung nach »Martin Scorsese« falsch aussprechen. Also alle. Was höre ich da? Scorsisi, Scorsäsä, Scorsäsi, Scorsisä? Putzig. Übt erst mal das »Martin«.

•

Was mich am Leben stört, ist, dass es keine neuen Staffeln von »24« gibt. Dazu kann ich nicht mal mehr was Lustiges sagen. Das ist einfach nur kacke.

•

Was mich am Leben stört, sind Impftermine bei meinem Hausarzt. Jedes Mal der Satz: *»Sie könnten sich etwas schlapp fühlen, die Impfung arbeitet ein paar Tage.«* Und jedes Mal das schlechte Gewissen: Selbst so ein blöder Impfwirkstoff ist fleißiger als ich.

•

Was mich am Leben stört, ist, dass ich keine Zeitmaschine besitze. Ich würde zurückreisen ins Jahr 1908 und meinen damals fünfjährigen Opa auf der Schaukel ansprechen: »*Hör zu, Kleiner, ich kann dich wegen des Großvaterparadoxons nicht töten und will es auch gar nicht – aber ich wollte zumindest mal loswerden: So RICHTIG pralle ist es NICHT, auf der Welt zu sein … Aber jetzt spiel weiter, wir sehen uns!*«

•

Was mich am Leben stört, ist, dass mein Lächeln Babys zum Weinen bringt. Yin und Yang sei Dank bringt dafür aber mein Weinen Erwachsene zum Lächeln. So gleicht sich alles im Leben aus.

•

Was mich am Leben stört, ist, dass ich mich beim Putzen der Wohnung immer kurz beim Gedanken ertappe, alle Obdachlosen da draußen zu beneiden.

•

Was mich am Leben stört, sind »Die schönsten Bahnstrecken der Welt«. Nacht für Nacht bin ich aufgestanden, um diese Sendung zu schauen. So, wie man halt Formel 1 und Skispringen guckt – insgeheim hoffend, dass doch mal was passiert. Es lag aber nie plötzlich ein Selbstmörder um die Ecke. Irgendwann habe ich erfahren, dass »Die schönsten Bahnstrecken der Welt« gar nicht live sind. Da hätte ich auch im Bett bleiben können.

•

Was mich am Leben stört, war neulich das Preisausschreiben »*Gewinnen Sie ein Wochenende mit Freunden!*« Meine Enttäuschung war groß, als ich merkte: Die Freunde sind nicht mit dabei.

•

Was mich am Leben stört, ist, dass ich so wenig Telefonnummern besitze. Ich habe in mein iPhone dreißig Phantasiekontakte dazuprogrammiert, falls irgendjemand mal einen Blick darauf erhascht. Ich möchte schließlich nicht für einen Sonderling ohne Freunde gehalten werden. Es zu sein, okay. So rüberzukommen – nein. Sollte ich mein Smartphone je verlieren: Bitte nicht bei »Sergej«, »Amélie«, »Liam« oder sonst wem anrufen. Ist alles nur der ADAC-Pannendienst.

•

Was mich am Leben stört, ist, dass ich den paar *echten* Leuten in meinem Handy als aufleuchtendes Foto beim Anruf einen Zombie aus »The Walking Dead« zugeordnet habe. Ich bin ein Vollarsch.

•

Was mich am Leben stört, ist, dass Opern keine Emotionen in mir erzeugen. Außer Gleichgültigkeit, falls das auch unter Emotion läuft. Ich weiß nicht, woran es liegt. Opern lassen mich kalt. Musicals kann man wenigstens noch leidenschaftlich hassen, aber Opern? Tja. Ich hatte mal eine Freundin, von der wurde ich immer in die Oper mitgeschleppt.

Eine *platonische* Freundin wohlgemerkt, das heißt, es wartete nicht mal eine Belohnung auf mich, wenn ich die drei Stunden tapfer durchhielt, so wie auf alle anderen männlichen Opernbesucher um mich herum. Fragten mich tags drauf Kollegen, wie es war, konnte ich immer nur antworten: »*Vorne haben dicke Menschen rumgeschrien.*« Vielleicht bin ich zu blöd für Oper, aber zu schlau für Musicals. In diesem Fall sitze ich im Musiktheater fatal verloren zwischen allen Stühlen. »*Dann geh doch in die Operette, du Pflaume!*«, wird jetzt mancher rufen. Danke für den Hinweis, das habe ich natürlich schon versucht. Aber das ist weder Fleisch noch Fisch. Außerdem bin ich bei der »Lustigen Witwe« schon vor Ende des ersten Aktes einpennt. Später stellte sich heraus: Ich war nicht eingeschlafen, ich hatte einen Schlaganfall. Nein, keine Angst, das Letzte stimmt nicht – das war nur übertriebene Dramatik. Habe ich in der Oper gelernt.

•

Was mich am Leben stört, sind Energiesparlampen. Dieses sterile Licht tötet jeden Erreger von Kreativität und Poesie zuverlässig ab. Zum Beweis ein kleiner Test, ich habe da schon mal was vorbereitet: Ich schalte jetzt meine gute alte 40-Watt-Old-School-Glühfadenbirne ein und schreibe umarmt von ihrem warmen Schummerlicht einfach spontan irgendwas hin: »*Es wohnt ein*

Gefühl tief in meinem Herzen, das leise flüstert, unsere süßen Stunden zu zweit enden hier. Sie wollen dich fort von mir führen, weit weg in ihr eigenes Reich, dorthin, wo ich dir nicht folgen kann. Was bleibt, ist entsetzliche Leere.« So. Jetzt drehe ich die Glühbirne raus und die Energiesparlampe rein. Angeknipst und noch mal genau dasselbe: »*Die Müllabfuhr kommt, stell den Sack raus!*« Ich denke, der Unterschied ist klar. Gegen Energiesparlampen kommst du als Kreativer nicht an. Hätte Shakespeare unter solch einer Dreckslichtschleuder schreiben müssen, wäre maximal ein ordentlicher Coelho rausgekommen. Bei Coelho selbst sogar nur maximal ein ordentlicher Lindigkeit. Und das wäre wirklich finster.

•

Was mich am Leben stört, ist mein sich erhärtender Verdacht, dass ein Wellensittich seinen Besitzer vielleicht gar nicht als andere, ihm haushoch überlegene Spezies wahrnimmt. Sondern einfach nur als federlosen, genetisch versauten Monstervogel mit kaputten Flügeln. Da müsste so mancher Wellensittichfreund sein Selbstverständnis ganz neu definieren. Vielleicht zum Besseren.

•

Was mich am Leben stört, ist, dass ich kein Arzt bin. Dann könnte ich den durchhustenden Konzertbesuchern rechts, links, vor und hinter mir in der

Philharmonie freundlicherweise die jeweils korrekte medizinische Diagnose stellen. Nämlich: *»SCHNAUZE!!!«*

•

Was mich am Leben stört, ist, dass ich nie einen guten Freund haben werde, der irgendwann einmal die Worte zu mir spricht: *»Wollen wir am Sonntag gemütlich brunchen?«* Halt, das stört mich gar nicht. Das macht mich froh.

•

Was mich am Leben stört, ist, dass ich nur ganz langsam mit Menschen warm werde, dafür aber ganz schnell mit Kopfkissen. Für erholsamen Schlaf und erholsames Wachsein ist umgekehrter Zustand anzustreben.

•

Was mich am Leben stört, ist, dass ich obengenannte Problematik zumindest halb zu bewältigen gedachte, indem ich im QVC-Teleshop ein Kopfkissen aus Weltraummaterial bestellte, das angeblich nicht warm wird. Was sich nach der Lieferung als Lüge herausstellte. Als ich schlaflos auf meinem neuen, glühend heißen Kissen lag, wurde mir plötzlich klar: Wozu brauchen Astronauten in der Schwerelosigkeit überhaupt Kopfkissen? Diesen Beschiss hätte ich wittern müssen.

•

Was mich am Leben stört, ist, dass ich mir auf der Straße alle paar Minuten auf den Arsch klopfe, um zu prüfen, ob mein Schlüssel noch in der Gesäßtasche steckt. Erst relativ spät wurde mir klar, dass Außenstehende denken müssen, ich fände mich selbst rattenscharf.

•

Was mich am Leben stört, ist, dass es kein schlaues Zitat von Oscar Wilde zum Thema Erbsensuppe gibt. Sonst ja zu allem.

•

Was mich am Leben stört, sind Tauben. Allein schon das Gurren klingt so unfassbar dämlich. Tauben sind die Vollhonks unter den Vögeln. Ein halbes Jahr lang saßen Tauben Tag und Nacht auf meinem Fensterbrett und haben mich debil gurrend beobachtet. Da ich mir bei jeder keimverseuchten Stadttaube sicher bin, dass sie mich qualvoll dahinraffen wird, war das eine nicht unerhebliche psychische Belastung. Selbst beim Essen haben mich die Tauben durch die Scheibe angestarrt. In ihren kleinen, seelenlosen Äugelein komprimiert sich alles Böse, alle Hoffnungslosigkeit dieser Welt wie kurz vor dem Urknall. Und selbst dabei gurrten diese Tauben ständig weiter. Irgendwann war es so schlimm, dass ich mir bei meinem just aufgebackenen Schollenfilet »Sylter Art« vorstellte, es sei keimverseuchtes Taubenfleisch von den

Viechern da draußen. Da habe ich dann Hilfe bei einem Psychologen gesucht. Nach unseren langen Gesprächen über meine Kindheit kam er zu dem Schluss: »*Wieso versuchen Sie's nicht mal mit Tauben-Metallspitzen?*« Hat funktioniert. Der Mann ist jeden Cent wert.

•

Was mich am Leben stört, ist, dass ich die Serie »Monk« nie wunderbar skurril finden konnte wie alle anderen. Für mich ist Monk ein stinknormaler Detektiv.

•

Was mich am Leben stört, ist, dass ich mir nur ein einziges Mal in meiner ansonsten genügsam geführten Existenz das Selbstvertrauen eines dieser Menschen wünsche, die an der Supermarktkasse minutenlang mit ihrer Reklamation von falsch abgerechneten zwanzig Cent den Betrieb aufhalten, bis sich am Ende nach intensiver Bon-Exegese herausstellt: Es war doch alles korrekt. Aber das wird wohl ewig ein Traum bleiben.

•

Was mich am Leben stört, ist, dass ich stets viel zu viel Trinkgeld gebe. Bedienungen, Lieferboten und Taxifahrer auf Gottes Erde: Bedankt euch für euren plötzlichen Reichtum nicht bei mir – bedankt euch bei meiner panischen Angst vor Ablehnung.

•

Was mich am Leben stört, ist der Facebook-Beziehungstatus: *»Es ist kompliziert.«* Was sagen diese armen Seelen, die das auswählen müssen, erst zum deutschen Steuerrecht, zur Präimplantationsdiagnostik oder zum Ursprung unseres Universums? Etwas kompliziert zu nennen ist manchmal viel zu einfach.

•

Was mich am Leben stört, sind die ständigen Mails meiner früheren Online-Casinos: *»We really miss you, Lars!«* Ich fürchte, sie sind die Einzigen.

•

Was mich am Leben stört, ist, dass ich mir nicht jeden Tag brandneue Turnschuhe mit Superdämpfung kaufen kann. Einfach anziehen und 24 Stunden lang auf Wolken schweben wie der König der Welt. Vergesst Cannabis, vergesst LSD, vergesst Heroin, vergesst Crack, vergesst Meth – der beste Trip ist Rumlaufen in brandneuen Turnschuhen. Okay, *nach* Rumlaufen in brandneuen Turnschuhen auf Meth.

•

Was mich am Leben stört, ist, dass bei mir nach mehreren heißen Sommern automatisch der pawlowsche Reflex einsetzt, wenn vor meiner Haustür der Eismann klingelt. Dort parkt er jeden verfluchten Tag – dabei will ich endlich meine Zuckersucht besiegen. Ich also runter auf die Straße.

Der Eisverkäufer aus seinem Wagen: »*Vanille, Schoko, Waldmeister, Amarena Kirsch mit Sahne, wie gehabt?*« Ich zum Eisverkäufer: »*Nee, heute mal: Verschwinden Sie.*« Eisverkäufer: »*Hä?*« Ich: »*Ich will meine Zuckersucht besiegen, schaffe ich aber nicht, wenn Sie hier weiter parken und bimmeln. Hauen Sie ab.*« Eisverkäufer: »*Du hast da was am Mund …*« Ich: »*Weiß ich, ist Sabber. Machen Sie die Biege! Und ab morgen stellen Sie sich woanders hin!*« Will er beides nicht – am nächsten Tag bimmelt es zur selben Zeit erneut vor meinem Fenster. Ich wieder runter auf die Straße. Diesmal wische ich mir vor dem Sprechen das Maul ab, dann: »*Okay, Kompromiss: Ich hab ihnen diese neue Klingel gekauft – die hat 'nen anderen Ton, das sollte meinen Körper überlisten. Bauen Sie die in Ihren Wagen ein.*« Will er auch nicht. Am nächsten Tag wieder: Bimmel Bimmel, Sabber Sabber. Ich kapituliere und greife zu Ohropax. Die Watte drumherum stopfe ich in den Mund zum Aufsaugen des Geifers. Und dabei esse ich Vanille, Schoko, Waldmeister, Amarena Kirsch mit Sahne.

•

Was mich am Leben stört, sind Typen, die ihr Niesen in der Öffentlichkeit extra laut zelebrieren. *HU-HUUUUUUU!!!* Die schlimmsten Vertreter ihrer Zunft performen es wie den »Song 2« von Blur, und den fand ich schon immer spackig. Liebe

Niesgenießer: Behaltet eure Körpergeräusche für euch. Wir haben unsere eigenen, an denen wir uns erfreuen können.

•

Was mich am Leben stört, ist, dass ich nicht früher auf die Idee gekommen bin, meinen Account so zu konfigurieren, dass bei jeder ankommenden E-Mail als Autoreply einfach nur rausgeht: »*Keine Ahnung.*« Sensationell, wie gut das funktioniert.

•

Was mich am Leben stört, sind Autoalarmanlagen. Ich weiß zwar nicht, wann genau die erste Autoalarmanlage der Welt erfunden wurde, aber ich weiß, ab wann sie alle nur noch genervt hat: eine Minute *nach* ihrer Erfindung. Ich war schon immer gegen die Todesstrafe, aus fester Überzeugung: Wenn das nur einen einzigen unschuldig verurteilten Menschen rettet, hat es sich bereits gelohnt. Ich bin deshalb aber noch lange nicht *für* Autoalarmanlagen, nur weil eine von ihnen irgendwann mal eine einzige unschuldig aufgebrochene Karre retten könnte. Rein hypothetisch gesprochen, versteht sich – wer glaubt schon ernsthaft an eine solche Fehl-Fehlfunktion. Andererseits hat man auch schon Pferde kotzen gesehen. Die haben allerdings *keine* eingebaute Alarmanlage, die ständig losjault. Würde der 5er-BMW in meiner Straße, der jede Nacht mindestens dreimal mit 200db abgeht, statt zu lärmen sich einfach übergeben, wäre das für mich ein akzeptabler Kompromiss. Ansonsten, unbekannter BMW-Halter, ändert sich vielleicht doch noch meine Haltung zur Todesstrafe.

•

Was mich am Leben stört, ist das mich quälende Wissen, in unzähligen Fotoalben dieser Welt verewigt zu sein. Ich habe sechs Jahre in Köln gelebt, mein Weg führte mich oft über die Domplatte. Da springst du selbst mit der Reaktionszeit eines jungen Geparden nicht schnell genug zur Seite, wenn irgendein Japaner wie aus dem Nichts seine Familie knipst. Jaja, ich weiß, es ist ein uraltes Klischee mit den Japanern und dem Fotografieren, und *warum* ist es ein Klischee? Weil es stimmt. Ich habe es doch am eigenen Leib erlebt. Japaner knipsen am meisten. Was nicht heißen soll, dass ich nicht auch aus dicken Fotoalben in Tadschikistan, Paraguay, Aserbaidschan und Papua-Neuguinea debil herausschiele. Wahrscheinlich mit halb abgeschnittenem Kopf und Hängeauge, schönen Dank. Wenn diese japanischen, tadschikischen, paraguayischen und papua-neuguineischen Familien (ich hätte leichtere Beispielländer wählen sollen …) beim Familientreffen gemeinsam im Fotoalbum blättern, dann sehen sie tolle Erinnerungen aus ihrem Urlaub, glückliche, erholte

Gesichter von sich selbst und … ja, und mich halt. »*Mama?*«, fragt dann ein kleines Mädchen auf Japanisch, Tadschikisch, Guaraní, Aserbaidschanisch oder Hiri Motu (jep, definitiv ein Fehler mit den Ländern!) und zeigt auf meine Dorftrottel-Visage mit dem Auge auf halb acht, »*Wer ist der dumme Mann da?*« Mama antwortet: »*Das weiß ich auch nicht, Süße – der ist einfach vorbeigelaufen und hat uns das schöne Foto versaut.*« Dann holt Papa eine Schere, um mich endlich aus dem Foto rauszuschneiden, wie er es schon seit Jahren vorgehabt hatte, und schneidet zu tief in den Abzug. Wie genau es danach weitergeht, variiert von Land zu Land, doch am Ende sind alle am Weinen. Das Fotoalbum landet im Kamin. Ich wünschte, ich wäre ein Vampir.

•

Was mich am Leben stört, war mein erstes und letztes Blind Date. »*Wie seh ich, wer du bist?*«, fragte meine Internetbekanntschaft im Chat. »*Such einfach den Hässlichsten, der da rumsteht …*«, tippte ich als spaßige Antwort. Tags drauf schritt sie in der Bar zielsicher auf mich zu: »*Hab dich sofort erkannt.*«

•

Was mich am Leben stört, sind diese zwielichtigen Gestalten, die unangemeldet bei mir an der Haustür klingeln und sich Zutritt zu meiner Wohnung verschaffen wollen. Wie heißen die noch mal? Ach ja, richtig: Freunde.

•

Was mich am Leben stört, ist, dass nie Joachim Bublath bei mir klingelt, wenn ich traurig bin. *Den* würde ich reinlassen. Dann könnte er mir in meinem Wohnzimmer bei Kaffee und Kuchen erklären, wie unvorstellbar alt und groß das Universum ist, und alles wäre angesichts der Erkenntnis, dass wir nur lachhafter Sternenstaub sind, für einen kleinen Moment wieder gut. Jede Galaxie braucht einen Joachim Bublath, der ihre Bewohner tröstet.

•

Was mich am Leben stört, ist der gut abgehangene Klassiker unter den Lebensratgeber-Weisheiten: *»Für ein Lächeln braucht man nur 17 Muskeln, für ein grimmiges Gesicht 43.«* Für mich zeigt das lediglich: Die Lächler sind zu faul zum Trainieren.

•

Was mich am Leben stört, ist, dass ich nicht hochbegabt bin. Ich bin noch nicht mal begabt. Das macht mich manchmal traurig. Bis ich es dann positiv sehe: Ich besitze vom Intellekt die »Limited Edition«.

•

Was mich am Leben stört, ist, dass ich noch immer nicht Scientology beigetreten bin. Langsam wird's

Zeit, jemanden zu finden, dem ich die Schuld für mein ruiniertes Leben in die Schuhe schieben kann.

•

Was mich am Leben stört, ist die ewige Selbstreinigung meines Tintenstrahldruckers, bevor er endlich anfängt zu drucken. *Röddel röddel.* Sobald ich meine Krebsangst vor Laserdrucker-Tonerstaub überwunden habe, fliegt dieses waschzwanggestörte Wrack auf den Müll. Also: nie.

•

Was mich am Leben stört, ist, wenn ich an der Supermarktkasse die Einkäufe der Kundin vor mir studiere und mir neidisch ausmale, was sie damit heute Abend Leckeres kochen wird: Mozzarella, frische Tomaten, ein Stück feinstes Bio-Hähnchenbrustfilet, ein Becher Sahne, eine Artischocke, Balsamico, eine Vanilleschote im Plastikreagenzglas und eine Stange Lauch, die gleich frech aus der braunen Papiertüte hinauslugen darf, um allen zuzurufen: »*Hey Leute! Hier drin bei mir und meinen Homies nur gesunder Top-Einkauf!*« Bei mir hinterm Trennstab dagegen: eine traurige Dose

Fertigravioli. Das war's. Ich renne manchmal noch schnell zurück und ergänze eine Packung fertig geschnittene Gemüsesticks. Aus Scham. Manchmal hoffe ich, die Frau vor mir lädt mich aus Mitleid zum Essen ein. Immer hoffe ich vergeblich.

•

Was mich am Leben stört, ist mein fehlender Mut. Gestern lief eine etwa dreißigköpfige Kindergartengruppe an mir vorbei. Ich war *so* kurz davor, mich unbemerkt unter die Knirpse zu mischen und mit neuer Identität noch mal ganz von vorne anzufangen. Ich habe mich nicht getraut.

•

Was mich am Leben stört, passt locker auf eine Kuhhaut. Wir reden von genmutierten Zwanzig-Meter-Monsterkühen, richtig?

•

Was mich am Leben stört, ist mein krankhaftes Pflichtbewusstsein. Getreu dem Motto: Erst kommt die Arbeit, dann noch mehr Arbeit. Ich kann es nicht abstellen. Das habe ich so von meinen Eltern gelernt: Hilf stets den anderen, halte deine Versprechen, sei anständig, höflich und fleißig. Überlebensfähig bist du mit einer solchen geistigen Behinderung selbstverständlich nicht. Meine Eltern haben mich in diese Welt geschickt wie ein Löwenjunges, dem nie das Jagen beigebracht wurde, und jetzt bleibt mir nur, die Aasfitzelchen vom

Knochen abzunagen, die mir die längst Satten am Wegesrand übriglassen. Ich mache meinen Eltern keinen Vorwurf. Sie konnten die Verarschlochung unserer gesellschaftlichen Savanne nicht rechtzeitig erahnen. Ich bin und bleibe trotzdem ein Löwe. Ich bräuchte nur endlich eine gute Salbe für meinen wunden Rücken.

•

Was mich am Leben stört, ist, dass ich viel zu wehrlos bin, um jemandem irgendwas heimzuzahlen. Mit mir als Feind brauchst du keine Freunde.

•

Was mich am Leben stört, ist, dass ich noch immer auf den Tag warte, an dem es sich mal auszahlt, der Nette zu sein. Wartet doch mit mir, falls ihr gerade Zeit habt. Kann eigentlich nicht mehr lange dauern.

•

Was mich am Leben stört, ist, dass neulich ein Bekannter gedankenlos zu mir meinte: *»Ich würde gerne mal einen Tag lang du sein.«* Nein, würde er nicht. Darauf muss man jahrzehntelang hintrainieren, sonst würde der Kerl mich noch vor Ende des Tages verzweifelt von der Brücke stürzen, und darauf habe ich keine Lust. Ich schlug meinem Bekannten deshalb vor, er solle stattdessen mal einen Tag lang Dolly Parton sein, das sei doch sicher auch interessant. Will er sich überlegen.

•

Was mich am Leben stört, ist, wenn mir mein Paketbote mit der Sendung gleich auch noch seine qualifizierte Expertenmeinung über den Inhalt liefert: *»Das sieht nach Schallplatten aus.«* Nein, das sieht eher nach unangebrachter Neugier aus.

•

Was mich am Leben stört, ist das kleine Mädchen in der Wohnung nebenan, das jeden Morgen ab sechs Uhr brüllt: *»Hey, Pippi Langstrumpf! – trallali trallala tralla hoppsassa! – Hey, Pippi Langstrumpf! – Die tut, was ihr gefällt! – Ich hab ein Haus, ein kunterbuntes Haus! – Ein Äffchen und ein Pferd! – Die schauen dort zum Fenster raus!«* Lass uns kurz die Fakten klarstellen, kleines Mädchen von nebenan: Du hast *kein* kunterbuntes Haus. Du hast eine popelige, hellhörige Mietwohnung wie ich, und deshalb falle ich auch frühmorgens durch deinen Gesang mit Herzinfarkt aus dem Bett. Und guck dich bitte ganz genau bei dir drüben um: Ein Äffchen und ein Pferd hast du auch nicht. Aus dem Fenster könnten die eh nicht schauen, denn falls es dir noch nicht aufgefallen ist: Unsere Fassade ist wegen Renovierungsarbeiten seit fast drei Wochen eingehüllt. Was also soll dieser Quatsch? Ich schätze dich auf fast fünf, da muss es mit der kindischen Träumerei doch langsam mal vorbei sein. Sing etwas, das deiner Lebenssituation näher kommt. Aber vor allem: Sing es bitte leiser.

Und nein, schon mal sicherheitshalber vorgemerkt für Dezember: Du bist auch *nicht* in der Weihnachtsbäckerei, wo es so manche Leckerei gibt und, so munkelt man, zwischen Mehl und Milch so mancher Knilch eine riesengroße Kleckerei macht. Astrid Lindgren und Rolf Zuckowski machen mir unsere gute Nachbarschaft wahrlich nicht leicht, kleines Mädchen von nebenan. Ja, jetzt tu nicht so, als würdest du mich nicht hören – durch unsere dünnen Wände dringt jedes Flüstern. Eigentlich hätte ich mich längst über diesen täglichen Sechs-Uhr-morgens-Gesang bei deinen Eltern beschwert, ist mir schnurzpiepegal, ob die mich für einen Kinderhasser halten. Aber eine Mutter hast du ja leider nicht, und dein Papa ist beruflich ständig auf Montage im Taka-Tuka-Land. Na gut, du hast gewonnen – sing weiter.

•

Was mich am Leben stört, ist, dass mir alles, was ich mache, peinlich ist. O Mann, habe ich das gerade tatsächlich aufgeschrieben? Wie peinlich.

•

Was mich am Leben stört, ist, dass Makler mich immer wieder fragen: *»Ist die Wohnung nicht zu groß für Sie?«* Nein, ist sie nicht. Die Dämonen in meinem Kopf ziehen ja mit ein.

•

Was mich am Leben stört, ist, dass ich soeben per E-Mail (!) von einem nigerianischen Prinzen (!!) kontaktiert wurde, der mit mir sein Vermögen (!!!) teilt, wenn ich ihm die Gebühren für die Überschreibung vorstrecke. Das stört mich selbstverständlich nur für euch – glaubt ihr ernsthaft, dass ich als jetzt reicher Mann noch dieses blöde Buch zu Ende schreibe?! Ich bin weg, macht's gut, ihr Trottel!

•

Was mich am Leben stört, ist, dass ich schon wieder für euch da bin. Lasst uns kein Wort mehr über die Sache von gerade eben verlieren, Freunde. Ihr seid die besten. Kennt sich zufällig jemand mit Zurückholen von Überweisungen nach Nigeria aus? Ich frage für einen Bekannten.

•

Was mich am Leben stört, ist, dass meine Pärchenfreunde mich jetzt endgültig aufgegeben haben: Vorhin drückte man mir erstmals eine extra mitgekochte Portion Mittagessen in die Hand. Soll ich mir zu Hause in der Mikrowelle warm machen. Muss ich noch irgendwas tun, oder informiert ein Chip in der Tupperdose die Notfall-Seelsorge automatisch?

•

Was mich am Leben stört, ist, dass sich mein Körper angeblich alle sieben Jahre komplett erneut, ich es aber nicht schaffe, in dieser Zeit mal meine Klobürste zu erneuern. Ich nehme mir immer vor, endlich eine neue zu kaufen, vergesse es aber ständig. Dabei sind Klobürsten wirklich nicht teuer, ein Euro bei IKEA. Ich sollte einfach mal zehn auf Vorrat kaufen, aber da käme ich mir an der Kasse vor wie ein abartiges Monster, das keine Liebe verdient. Hätte meine Klobürste verblassende Indikator-Borsten wie meine Zahnbürste, dann würden diese mich jeden Tag mahnend erinnern: Wechsele mich! Hat sie aber nicht, und darum ist sie inzwischen so runtergewirtschaftet, dass ich quasi nur noch mit dem nackten Stumpf in der Schüssel rumkratze. Die Klobürste ist das Fenster zur Seele, heißt es immer. Quatsch, das sind die Augen. Macht in meinem Fall aber keinen Unterschied. Haben beide zu viel Kacke gesehen.

•

Was mich am Leben stört, ist das fehlende Vertrauen ausgerechnet eines meiner besten Freunde in mich, der mit Mitte vierzig sein Faible für um den Hals geknotete Seidenschals entdeckte und mir diese modische Neuorientierung mit einem *»Ich hab 'n bisschen Halsschmerzen und will nicht krank werden …«* zu verkaufen versuchte. Raffiniert, wie all meine besten Freunde sind, hatte er zu diesem Zeitpunkt natürlich längst vorausgeplant, die zunächst als rein pragmatisch aufgetischte Seidenschalnummer ein, zwei Wochen später mit einem scheinbar beiläufigen *»Hab mich an den Schal total gewöhnt!«* auf Langfristkurs zu bringen. Netter Versuch, aber darauf falle ich nicht rein. Denselben Trick habe ich schon vor zehn Jahren mit meinem Cowboyhut und dem angeblichen Sonnenstich durchgezogen. Halsschmerzen, nee, ist klar. Selbstverständlich werde ich den Seidenschalfreund, der wie gesagt zu meinen besten zählt, hier nicht outen – das gebietet der Anstand. Um nicht zu erfahren, dass es sich um Felix aus Hamburg-Altona handelt, jetzt also bitte auf gar keinen Fall weiterlesen.

•

Was mich am Leben stört, ist meine Verwandtschaft. Meines Vaters Sohn ist ein echter Vollpfosten.

•

Was mich am Leben stört, ist, dass, wenn eine Tür sich schließt, eine andere sich öffnet. Außer, man entdeckt den gut sichtbaren Hinweis *»DRÜCKEN«* erst nach ewigem Rumgezerre vor versammelter Mannschaft. So wie ich vor jeder Tür.

•

Was mich am Leben stört, ist, dass in der Wohnung über mir ständig Möbel verrückt werden. Ich werde es langsam auch.

•

Was mich am Leben stört, ist, nie erfahren zu werden, ob J. D. Salinger sich heimlich für all die miesen »Fänger im Roggen«-Nachahmer schuldig gefühlt hat. Für mich heißt wahre Größe, im richtigen Moment Verantwortung zu übernehmen.

•

Was mich am Leben stört, sind Würstchen aus Tofu. Offener bin ich da schon für Tofu aus Würstchen.

•

Was mich am Leben stört, sind die vielen Google-Treffer in Kombination mit »Krebs«. Wer sich Sorgen macht wegen seiner stinkend ausdünstenden Heimkinoleinwand und *»Lösungsmittel Krebs«* googelt – 105 000 Treffer. Wer aber *»Kartoffelsalat Krebs«* googelt – ebenfalls satte 97 600 Treffer. Ein genauerer Blick führte schnell zutage, dass beides nicht viel miteinander zu tun hat, doch die Zahl der Treffer brennt sich in dein Hirn ein. Und mit ihr die lähmende Todesangst vor Kartoffelsalat und allem anderen, was man sonst noch masochistisch mit »Krebs« gegoogelt hat. Immerhin: *»Gänseblümchen Krebs«*, eben getestet, hat aktuell nur 63 300 Treffer – immer noch zu viel, um sich auf die Wiese zu wagen, zumindest aber ein Hoffnungsschimmer, letzten Sommer beim Picknick doch nicht sein Todesurteil unterzeichnet zu haben. Dafür aber, und jetzt bitte anschnallen: *»Goethe Krebs«* – 866 000 Treffer. Wahnsinn, oder? Gerade beim

Thema Krebs gibt es oft Panikreaktionen, die sind überzogen und lächerlich. Nach diesem schockierenden Ergebnis Oberstufenlehrern in neongrüner Farbe »*MÖRDER!*« an die Hauswand zu sprühen gehört sicher *nicht* dazu. Kann man sich bei Google als Hypochonder sperren lassen wie ein Spielsüchtiger im Casino? Wohl kaum. Denn Google ist böse. Der Tag, an dem die Unbeschwertheit starb, war der Tag, an dem der allererste Internetnutzer nach irgendwas mit Krebs gegoogelt hat. Also spätestens zehn Sekunden nachdem Google ans Netz gegangen ist. Sie mag noch so locker-flockig mit ihrem bunten Logo daherkommen: Die Herrschaft dieser Suchmaschine fußt auf Angst und Schrecken. Und wir sind ihr hilflos ausgeliefert. »*Googeln Krebs*« – 107 000 Treffer.

•

Was mich am Leben stört, ist, dass es keine Autokorrektur hat. Ich würde sie einschalten.

•

Was mich am Leben stört, ist, dass ich bei Fruchtjoghurt der Durchrührtyp bin. Ich wäre viel lieber ein Portionierer. Der Durchrührer ackert sich so lange kreisend mit dem Löffel ab, bis die Fruchteinlage mit dem Joghurt gleichmäßig verrührt ist. Er schmeckt zwar *immer* Frucht, dafür aber auch immer nur verdünnt. Der Portionierer dagegen birgt die Fruchteinlage vom Boden und portioniert auf seinem Löffel puren Joghurt mit purer Frucht. Mal schmeckt er nichts, mal schmeckt er den vollen, herrlichen Fruchtgenuss. Der Portionierer ist ein Grenzgänger, er braucht die höchsten Hochs wie die tiefsten Tiefs. Alles, bloß nicht Durchschnitt. Wäre ich ein draufgängerischer Portionierer, ich würde langweilige Durchrührer wie mich aus tiefstem Herzen verachten.

•

Was mich am Leben stört, ist, dass wir nicht unser ganzes Leben lang so unbeschwert bleiben können wie das kleine Kind neulich im Bus, das voller Erstaunen auf die halben Schaufensterfiguren im Modegeschäft zeigte: *»Mama, die Menschen haben ja gar keine Köpfe!«* Nein, das haben sie in der Tat nicht. Aber das lernst du noch früh genug.

•

Was mich am Leben stört, ist, dass ich nichts getan habe, als ich neulich am noch funktionstüchtigen Münztelefon bei mir um die Ecke jemanden telefonieren sah. Den hätte ich überwältigen und bei der Polizei als Terroristen abliefern müssen, oder?

•

Was mich am Leben stört, ist, dass ich jetzt bereits dreimal was bei der »MUNDFEIN Pizzawerkstatt« bestellt habe und mir meine Margherita kein einziges Mal von einem Kerl im Blaumann und mit rußverschmiertem Gesicht gebracht wurde. Wählt nicht solch coole Lieferservice-Namen, wenn ihr die dazugehörigen Assoziationen nicht einzulösen vermögt.

•

Was mich am Leben stört, ist das Unvermögen vieler Menschen, ihre Ängste zu artikulieren. Der Hinweis *»Bitte versteh mich nicht falsch!«* müsste in den meisten Fällen korrekt lauten: *»Bitte versteh mich nicht genau richtig!«*

•

Was mich am Leben stört, ist, dass wir zwar hochentwickelte NASA-Rover auf den Mars schießen, aber nicht meinen unterentwickelten Nachbarn, der seinen stinkenden Müll tagelang vor der Wohnungstür im Treppenhaus liegenlässt. So weit kann es mit dem Fortschritt der Menschheit noch nicht her sein.

•

Was mich am Leben stört, sind versehentliche Dopplungen.

•

Was mich am Leben stört, sind versehentliche Dopplungen. Verdammt!

•

Was mich am Leben stört, sind IKEA-Geschichten. Bitte keine lustigen IKEA-Geschichten mehr. Es sind alle erzählt. Ehrlich. Alle, bis auf die hier: Ich war mal bei IKEA, um die Restexemplare eines alten

Buches loszuwerden, das ich geschrieben hatte. Bei mir zu Hause flogen noch fast achtzig Exemplare rum, und weil die Aussicht auf mehr Stauraum über die Eitelkeit siegte, habe ich mir gedacht: Okay, die wirst du eh nicht mehr los – bring sie halt zu IKEA. Ich habe die Bücher in so einer blauen Riesentasche reingeschmuggelt und angefangen, sie in die Regale der Fake-Wohnzimmer einzuräumen. Irgendwann tippte mir von hinten ein Mitarbeiter auf die Schulter: »*Lassen Sie das.*« Ich drehte mich um: »*Was denn?*« Er: »*Sie wissen schon.*« Ich: »*Nee.*« Er: »*Ich weiß ganz genau, was Sie da tun. Ich habe auch mal ein Buch geschrieben. Den großen deutschen Gesellschaftsroman, falls es Sie interessiert.*« »*Echt?*«, fragte ich den IKEA-Verkäufer, während ich weiter meine Bücher ins Regal stellte. »*Wie lief der denn so?*« »*Nicht so toll*«, antwortete er plötzlich angeschossen. »*Sonst wäre ich heute kaum Verkäufer bei IKEA.*« Klang logisch. »*Hören Sie*«, erklärte ich dem IKEA-Mann. »*Ich hab zwar nicht den großen deutschen Gesellschaftsroman wie Sie geschrieben, sondern nur einen klitzekleinen deutschen Unterhaltungsroman, aber ich will einfach meine Restexemplare loswerden … Können Sie nicht 'n Auge zudrücken?*« Ich drehte mich suchend zum Fake-Wohnzimmerregal um. »*Überhaupt: Wo stehen IHRE Restexemplare eigentlich?*« Er: »*Bei Dodenhof. Nein, kann ich NICHT. Also 'n Auge zudrücken.*

Packen Sie Ihre Bücher bitte wieder ein, sonst muss ich die Polizei rufen. So eine ähnliche Szene gab es übrigens auch in meinem großen deutschen Gesellschaftsroman, den hätten mehr Menschen lesen sollen. Der hatte große sprachliche Kraft, die Wucht eines literarischen Vorschlaghammers, falls Sie verstehen, was ich meine.« Ich verstand voll und ganz. »*Passen Sie auf*«, lenkte ich versöhnlich ein. »*Ich mach Ihnen einen Vorschlag: SIE helfen mir jetzt, die letzten Exemplare meines Gurkenbuches hier im Laden zu verteilen, und danach lade ICH Sie im IKEA-Restaurant auf Fleischbällchen ein, damit Sie mir alles über Ihr neues Projekt erzählen, mit dem Sie sich an den arroganten Idioten, die Ihr Meisterwerk missverstanden und ignoriert haben, rächen werden.*« Der IKEA-Mann mit leuchtenden Augen: »*Abgemacht!*«

•

Was mich am Leben stört, ist, dass ich mich frage, wie präzise auf einer Skala von eins (voll daneben) bis zehn (Volltreffer) die Menschen um mich herum ahnen, wie komplett krank ich *wirklich* bin. Bis zu dieser Stelle im Buch würde ich sagen: eine solide Sechs.

•

生活中讓我煩惱的是我不會說中文。

•

Was mich am Leben stört, ist der Aufmunterungsversuch: *»Das ist nicht das Ende der Welt.«* Weiß ich. Nichts ist das Ende der Welt, außer unter Umständen der Weltuntergang. Aber es ist mit hoher Wahrscheinlichkeit das Ende *meiner* Welt.

•

Was mich am Leben stört, ist, dass sich alles irgendwann relativiert. Vor circa zwei Jahren lernte ich zufällig den sympathischsten Wohnungsmakler der Welt kennen. Gestern dann ebenso zufällig den unsympathischsten Ukulelenspieler der Welt. Da musste ich feststellen: Der war trotzdem netter.

•

Was mich am Leben stört, sind beknackte Joghurt-Werbesongs. *»Leb dein Leben leichter, tu, was dir gefällt! Hol dir, was du möchtest, in deiner eigenen Welt! Drum genieße jeden Tag, und du fühlst dich okay! Genieße einfach leicht und fühl dich Jogolé!«* Ja, das hat tatsächlich irgendein armes Mädchen in irgendeinem Tonstudio einträllern müssen. Eines, das wahrscheinlich davon geträumt hatte, die deutsche Norah Jones oder Taylor Swift zu werden. Oder sogar beides, die deutsche Norah Swift. Stattdessen muss sie den 0,1-Prozent-Fett-Song für Jogolé von Zott singen. Immerhin, jetzt weiß dieses Mädchen: Es gibt keinen Gott. Das ist doch auch was wert. Drum leb dein Leben leichter, tu, was dir gefällt.

•

Was mich am Leben stört, ist, dass ich in Supermärkten immer komplett ins Kühlfach krieche, um ganz hinten an den Schokopudding ranzukommen, der einige Tage länger haltbar ist als die anderen. Spätestens eine Stunde später esse ich ihn auf.

•

Was mich am Leben stört, ist, wenn sich zwei zufällig auf der Straße begegnende Bekannte im Gang freudestrahlend grüßen – und ich etwas weiter vorne mitkriege, wie das Lächeln desjenigen, der mir entgegenkommt, beim ersten Schritt vorbei eisig zusammenfällt.

•

Was mich am Leben stört, ist, dass ich, während mir jemand was erzählt, im Kopf panisch mindestens drei Schritte vorausdenke, was ich gleich dazu sagen muss, was danach mein Gegenüber zu meinem Gesagten sagt und was wiederum ich dann auf das Gesagte meines Gegenübers zu meinem Gesagten sage. Bei so viel Vorausdenken kriege ich das ursprünglich Gesagte dann gar nicht mehr mit. Ich bin wie einer dieser schlauen Schachspieler, nur in Doof.

•

Was mich am Leben stört, sind Menschen, die das Konzept »rechts stehen, links gehen« auf Rolltreppen nicht begreifen. Was daher rührt, dass es diesen Menschen traditionell äußerst schwerfällt, sich in eine ihnen völlig fremde Gedankenwelt hineinzuversetzen. Wen es betrifft – ein kleiner Service-Anstupser: Nicht jeder ist so faul und / oder hat so viel Zeit wie ihr.

•

Was mich am Leben stört, ist, dass es links runter von mir ein thailändisches Restaurant gibt, in dem mir immer die besten Kalauer einfallen. Rechts runter aber auch eines. Thailänder – es kann nur einen geben!

•

Was mich am Leben stört, ist, dass ich nicht weiß, ob ich meine Drogerie-Kassiererin auf der Straße grüßen soll oder nicht. Wie lautet die korrekte Etikette? Hat man seine Kassierer, Bankberater und Postschalterbeamten beim zufälligen Begegnen in der echten Welt zu erkennen – oder endet das Universum, in dem ich diese Leute kenne, hinter der automatischen Glasschiebetür? Ich schaue aus Unsicherheit immer schnell weg, denn wenn diese Menschen privat in der Gegend rumlaufen, wo sie auch arbeiten, kämen sie sonst aus dem Zurückgrüßen ja gar nicht mehr raus. Und die wollen sicher auch ihren Feierabend genießen. Die Situation jedoch bleibt verzwickt: Man kennt sich, und man kennt sich nicht. Zwei widersprüchliche Zustände, die gleichzeitig existieren – an diesem Grußparadoxon hätte mein alter Philosophie-Professor seine wahre Freude gehabt. Wobei: Das war ein Arsch, der hätte seine Drogerie-Kassiererin auf der Straße *nie* beachtet. Ich glaube, ich sage bei nächster Gelegenheit einfach mal testweise »Hallo«. Sollte ich damit versehentlich unser Universum zerstören: Es tut mir leid.

•

Was mich am Leben stört, ist, dass es am Ende angeblich noch einmal komplett an einem vorbeizieht. Da sterbe ich definitiv vorzeitig an Langeweile.

•

Was mich am Leben stört, ist, dass ich noch immer nicht mein Testament gemacht habe. Das möchte ich hiermit nachholen: Im Falle meines Todes hinterlasse ich meine Selbstzweifel dem arroganten Arsch aus dem Erdgeschoss. Er kann sie besser gebrauchen als ich.

•

Was mich am Leben stört, ist, dass ich sie nicht ansparen kann wie Geld auf der Bank – diese Zehn-Sekunden-Momente, wenn nach einem grauen, düsteren Herbsttag plötzlich die Sonne durchbricht und ich mit zugekniffenen Augen kurz denke: Alles wird gut. Könnte man diese Momente, anstatt sie direkt zu verbraten, auf die hohe Kante legen, käme ich heute – unverzinst – auf fast 45 Minuten Seelenfrieden am Stück zur freien

Verfügung. Eine Dreiviertelstunde! Das wäre herrlich. Andererseits: Schon als Kind konnte ich mit Weltspartag so viel anfangen wie Juden mit Weihnachten. Vermutlich hätte ich das Gefühl eh jedes Mal sofort auf den Kopf gehauen, so und so. Liebe Sonne: Ich brauche dringend einen Dispo bei dir.

•

Was mich am Leben stört, ist, dass ich nur deshalb gerne neue Leute kennenlerne, um zu testen, wie lange ich denen vorgaukeln kann, ich sei normal. Mein Rekord liegt bei achteinhalb Minuten.

•

Was mich am Leben stört, sind poetische Clowns. Fahrt auf zu kleinen Dreirädern durch die Manege, spritzt mit Wasserblumen am Revers, pfeffert euch Torten ins Gesicht, wie es sich gehört – aber verschont mich mit eurem Träumerli-Quatsch. Mit suppentellergroßen Augen der Verzückung, wenn ihr eine riesige Seifenblase zieht und dem bitterlichen Pantomime-Weinen, wenn sie gleich darauf zerplatzt. Ich weiß es bereits: Das Leben ist traurig. Mit derselben Logik, das noch mal im Zirkus bestätigt zu kriegen, kann ich auch in einen Zoo gehen, wo man zu meiner Unterhaltung süße Tigerbabys ersäuft. Ihr sollt mich *aufmuntern*, verflixt nochmal. Habt ihr am Tag, wo das auf der Clown-Universität gelehrt wurde, gefehlt? Wenn eure Seifenblase, und sei sie noch so wunderschön, das nächste Mal zerplatzt – bleibt stark. Mir zuliebe.

•

Was mich am Leben stört, ist, dass ich mich aus Angst vorm Versagen ständig selbst unterfordere. Es darf keiner wissen, dass ich bei den Quizfragen im »Tigerenten Club« ernsthaft mitrate.

•

Was mich am Leben stört, ist dieser dumme Vorfall, als ich abgelenkt in Eile zwei Karten verschicken musste: »Herzlichen Glückwunsch« und »Herzliches Beileid«. Ihr ahnt, was mir Obertrottel passiert ist: Ich bin auf dem Weg zum Briefkasten mit den korrekt adressierten Karten gestolpert und habe mir böse den Knöchel verstaucht.

•

Was mich am Leben stört, ist, dass ich nicht die Kontodaten von dem Mädchen besitze, das mich damals im Feriencamp pausenlos *»Fetti! Fetti! Fetti!«* gerufen hat. Mein Personal Trainer möchte wissen, wohin er die fünfzehn Prozent Provision überweisen soll.

•

Was mich am Leben stört, ist, dass mich so vieles am Leben stört.

•

Was mich am Leben stört, ist der mitleidige Blick meiner Copyshop-Frau, wenn ich mein neues

Manuskript zum Kopieren bringe: *»Müssen Sie das alles lesen?«* Schlimmer. Ich muss das sogar alles schreiben.

•

Was mich am Leben stört, ist, dass ich alle Jubeljahre meinen sämtlichen Schneid bündele und auf Jazzkonzerten vorpresche, die Rolle des Zwischenapplaus-Alphatiers zu übernehmen. Und dann: vorzeitiger Klatscherguss – das Solo war noch gar nicht zu Ende. Den Rest des Abends werde ich mit bösem Blick ausgestoßen. Es ist nicht leicht, seinen Platz im Rudel zu finden.

•

Was mich am Leben stört, ist, dass ich mir beim Anblick eines Menschen immer vorstelle, wie ekelig er in sich drin aussieht, mit all den Organen und Gedärmen und dem wild vermischten Essen in seinem Magen. Viel Erfolg, diesen Gedanken von jetzt bis an euer Lebensende beim Anblick eines jeden Menschen wieder loszuwerden.

•

Was mich am Leben stört, ist mein blöder Verleser neulich: nicht »Versoffener Sonntag«, sondern »Verkaufsoffener Sonntag«. Schade.

•

Was mich am Leben stört, ist, dass früher im Winter die anderen Kinder ihren Namen in den Schnee gepinkelt haben und ich immer nur *»HILFE«*. Da ich die Buchstaben groß genug für Sichtung aus dem Luftraum anlegte, versiegte mein tiefgelber Strahl oft schon nach dem »*HI*«, was zum fatalen Missverständnis führte. Sie nannten mich den Schneegrüßer.

•

Was mich am Leben stört, ist mein ausgeprägtes Schamgefühl. Muss ich unbedingt dabei sein, wenn ich mich ausziehe?

•

Was mich am Leben stört, ist, dass ich nur noch ungern dusche. Das liegt am Ertasten beim Einseifen, wie schwabbelig alles geworden ist. Im Alltag lassen sich solch traumatische Berührungen der eigenen Hüften gut vermeiden, aber unter der Dusche hast du keine andere Chance, als das ganze wabbelweiche Elend unfreiwillig zu erkunden. Früher habe ich gerne geduscht, aber so macht das keinen Spaß mehr. Manchmal klemme ich unter der Brause den Bauchspeck in beide Hände, zerre ihn nach vorne und denke angewidert von mir selbst: jetzt einfach eine Geflügelschere nehmen und rundherum abschneiden. Klack! Klack! Klack! Fertig. Aber ich bin schließlich kein Hähnchen. Glaube ich unter Berücksichtigung der mir aktuell vorliegenden Informationen zumindest nicht – man sollte seine Rezeption von Wirklichkeit ja regelmäßig hinterfragen. Der Speck an meinem

Bauch ist definitiv existent. Ob Kalorien eine Ahnung davon haben, wie viel Leid sie über diese Welt bringen? Ich denke ja. Aber es macht ihnen nichts aus, denn sie sind einfach nur abgrundtief böse.

•

Was mich am Leben stört, ist, dass meine Eltern mit ihren Freunden anscheinend einen heimlichen Wettbewerb am Laufen haben, welches Kind sich als letztes beschwert, bei Besuchen zu Hause noch immer in seinem alten 1,50-Meter-Kinderbett schlafen zu müssen. Könnte sein, dass meine Power-Erzeuger demnächst raus sind.

•

Was mich am Leben stört, sind Typen, die in Mitternachts-Horrorvorstellungen den kompletten Film durchquatschen. Da platzt mir der Kragen, was mich aus meinem Kinositz aufspringen lässt: *»Okay, wer hier nicht SOFORT die Schnauze hält, mit dem mache ich dasselbe wie gerade eben im Film!«* Leider schüchtert das die Adressaten nicht ein, weil sie die Szene gar nicht mitbekommen haben. Ich würde sofort fünfzig Cent mehr pro Kinokarte zur Finanzierung von Multiplex-Personal zahlen, das Kinoquatscher schnurstracks rauskomplimentiert. Achtzig Cent, wenn die Störenfriede zum Abschied noch einen Gruß in die Magenkuhle kriegen. Davon will ich dann nach der Vorstellung aber auch ein

Foto, besser noch ein Full-HD-Video. Manchmal frage ich mich, ob bei der ersten öffentlichen Cinémathographe-Vorführung der Brüder Lumière auch schon Typen dabeisaßen, die, anstatt sich auf die nervenzerfetzende Zugeinfahrt zu konzentrieren, lieber den ganzen Actionfilm lang ausdiskutiert haben, ob Jessi dem Sascha auf Murats Party wirklich einen gelutscht hat, bevor der Notarzt ihr den Magen auspumpen musste. Ich bin mir ziemlich sicher: ja. Als die Bilder laufen lernten, lernten die Menschen drüberzuquatschen. Aber immerhin stank es bei den Lumières noch nicht nach ekeliger Nacho-Soße.

•

Was mich am Leben stört, ist, dass ich keine Punkte sammle. Weder bei meinen Einkäufen noch bei meinen Mitmenschen.

•

Was mich am Leben stört, ist die Bitte: »*Sag mal deine ehrliche Meinung!*« Wie kann ein kleines, unscheinbares Adjektiv eine ansonsten durchaus stemmbare Aufgabe schlagartig unmöglich machen?

•

Was mich am Leben stört, ist, dass ich so tue, als wollte ich sportlich sein. In Wahrheit will ich nur so aussehen.

•

Was mich am Leben stört, ist, dass ich zwar einen Organspendeausweis besitze, mich als notorischer Schisshase aber doch nur dazu durchringen konnte, in der Spalte »*Über JA oder NEIN soll folgende Person entscheiden: …*« mit höchstmöglicher Selbstlosigkeit einzutragen: »*BATMAN!*«

•

Was mich am Leben stört, ist, dass ich begründeten Verdacht zur Annahme habe, irgendwie unbemerkt in die Matrix geraten zu sein. Anders lässt sich nicht erklären, dass ich eben zum ersten Mal in meinem Leben in eine wässerige Riesentomate gebissen habe, ohne mich dabei komplett vollzuspritzen.

•

Was mich am Leben stört, ist die Ignoranz meiner Boxkollegen. Neulich meinte unser Trainer, wir könnten unsere eigene Lieblings-Motivationsmucke zum Pushen mitbringen. Einer kam mit dem »Rocky«-Soundtrack. Ein anderer mit dem schwarzen Album von Metallica. Ein dritter mit AC / DC live. Ich habe Toni Braxtons »Unbreak My Heart« voll aufgedreht. Bin vom Trainer rausgeschmissen worden und musste in der Umkleide unter der Dusche weinen. Say you love me again.

•

Was mich am Leben stört, ist, dass ich genau heute vor drei Wochen endlich meine Zwangsstörungen besiegt habe und nicht feiern kann. Geht nur in den geraden Wochen.

•

Was mich am Leben stört, ist, dass ich als Erwachsener nicht mehr verknallt bin in Disney's »Arielle, die Meerjungfrau«. Dann hätte ich zumindest eine tröstend rationale Erklärung, warum es mit mir und meiner Traumfrau nie was wird.

•

Was mich am Leben stört, ist, dass ich ahne: Es könnte eigentlich ganz okay sein, hätte man nur einen guten Platz darin. Wenn ihr aus der Loge euch kurz runterbeugt – huhu, seht ihr mich? Ja, genau: der winkende Typ in Preiskategorie 6 (sichtbehindert).

•

Was mich am Leben stört, ist die Prostituierte, die mich auf der Reeperbahn angequatscht hat: *»Hey, warte mal … Willst du nicht mitkommen?«* Es war Sonntag, ich hatte kurz den Reeperbahn-Penny aufgesucht, der damals noch sieben Tage die Woche aufhatte. *»Nee danke …«*, sagte ich und deutete auf meine prall gefüllte Tüte. *»Ich war nur schnell Schlemmerfilet und Buttergemüse auf Vorrat kaufen.« »Ist doch kein Problem!«*, meinte die Prostituierte. *»Die pack ich dir so lange in den Kühlschrank.«* Ich musterte sie misstrauisch:

»Hat dein Kühlschrank denn auch ein Drei-Sterne-Gefrierfach?« Da wurde die Prostituierte mit ihren vorschnellen Versprechen plötzlich *so* klein mit Nutten-High-Heels. Unser Gespräch war für mich beendet.

•

Was mich am Leben stört, ist, dass ich manchmal denke, alles habe sich gegen mich verschworen. Und dann merke: Es ist auch so.

•

Was mich am Leben stört, ist, dass ich nie weiß, wie man »Dekolleté« schreibt. Dafür weiß ich immer, wie man notgeil in eines reinschaut.

•

Was mich am Leben stört, ist das heikle Thema Essgewohnheiten. Nichts läge mir ferner, als hier Kannibalismus zu propagieren – ich möchte lediglich unverbindlich zu bedenken geben: Wir könnten eine Menge schlechter Menschen loswerden und eine Menge guter Menschen satt machen.

•

Was mich am Leben stört, ist, dass in meiner bevorzugten Saftbar ausgerechnet *der* Saftmix, den ich am liebsten hätte, »Beauty Express« heißt. Ich würde ihn so gerne bestellen, aber diese Vorlage gebe ich denen mit meiner Visage *nicht*!

•

Was mich am Leben stört, ist unser seltsames System der Entlohnung: Je einzigartiger dein Können, desto mehr Kohle darfst du verlangen. Irgendwo in einem Universum, in dem alle so sind wie ich, werden die wenigen Genies, die einen Schraubenzieher halten können, Milliardäre.

•

Was mich am Leben stört, ist, dass ich mich an manchen Tagen fühle wie eine leere Hülle. An schlechteren Tagen wie die leere Hülle einer leeren Hülle.

•

Was mich am Leben stört, ist, dass alle Babys gleich aussehen. Das lässt meinen Energieaufwand zum Zeigen von Begeisterung ab dem zweiten Kind im Bekanntenkreis erheblich steigen.

•

Was mich am Leben stört, ist Streit an Heiligabend wegen schäbiger Geschenke. Jedes Jahr dasselbe Theater: »*Reg dich nicht auf, es ist doch der GEDANKE, der zählt …*« – »*Gratuliere, da hattest du ja einen sehr KLEINEN Gedanken!*« In voranstehendem Dialog bin ich Ersterer. Um noch größeren Zoff zu vermeiden, wird schnell die Glotze eingeschaltet, rechtzeitig zur Weihnachtsfolge von »Familie Heinz Becker«. Dann starren wir auf den Bildschirm, um uns nicht mehr in die Augen schauen zu müssen, und lachen jeder für sich allein über das erbärmliche Weihnachtsfest der Beckers. Zumindest äußerlich, denn innerlich wissen wir: Unser eigenes Heiligabend ist viel schlimmer. Danke Jesus, dass du für unsere Sünden gestorben bist. Verrechnet mit den Folgen deiner Geburt sind wir jetzt quitt.

•

Was mich am Leben stört, ist das Klatschen von Flip-Flops. Ich bin mir ziemlich sicher, der Teufel persönlich verteilt bei der Ankunft in der Hölle quietschbunte, nasse Flip-Flops, damit die verdammten Seelen dieses Geräusch rund um die Uhr ertragen müssen. Vielleicht bin ich traumatisiert aus der Kindheit durch all die Camping-Urlaube mit meinen Eltern, ich weiß es nicht. Man muss ja auch nicht immer nach dem genauen Grund suchen, warum man etwas nicht leiden kann – das nimmt dem Hass oft den ganzen Spaß. Im Himmel gibt es keine Flip-Flops, da bin ich mir sicher. Gott bevorzugt stummes Schuhwerk.

•

Was mich am Leben stört, sind auf mich zustürmende Dobermänner, während von hinten ihr Besitzer brüllt: *»Der tut nichts, der will nur spielen!«* Noch mehr stört mich bloß, wenn derselbe Besitzer brüllt: *»Der tut was, der will nicht spielen!«*

•

Was mich am Leben stört, sind Menschen, die auf allen Fotos Grimassen ziehen. Attraktive Menschen mögen das nicht durchschauen, aber wir Mitverdammten wissen: Ihr macht das nur, weil ihr euch hässlich fühlt wie die Nacht, diese Qual euch innerlich auffrisst und ihr es mit den Grimassen zu überspielen versucht. Denkt euch bitte was weniger Durchschaubares aus, wie wir hart schuftenden Fotovermeider auch. Ist ja armselig.

•

Was mich am Leben stört, ist, dass es in meiner Wohnung im Winter trotz Heizens immer so saukalt ist, dass ich mir bei Tchibo einen Hausmantel gekauft habe. Nur ein einziges Mal habe ich das Ding getragen, weil ich mir darin affig vorkam wie Hugh Hefner. Ein sehr *verarmter* Hugh Hefner ohne Bunnys, um genau zu sein, und mit dieser Verkrümmung des Realitätsfeldes, dem nicht mehr sauber greifenden Zahnrad im großen ganzen Wirklichkeitsgetriebe, kam mein Kopf nicht klar. Weil die Rückgabefrist vorbei war, habe ich den Mantel dem echten Hugh Hefner, Playboy Mansion, California geschickt. Für dessen Welt wurde dieses Stück Stoff geschaffen, nicht für meine. Eine Einsicht, die mir ein warmes Gefühl der Weisheit beschert. Allerdings nicht im Winter.

•

Was mich am Leben stört, ist, dass ein Lottogewinn den Charakter verdirbt. Seit meinen drei Richtigen plus Zusatzzahl bin ich ein ziemliches Arschloch geworden.

•

Was mich am Leben stört, ist, dass jeder seinen individuellen Moment hat, in dem er mit seinem Leben rundum zufrieden ist. Meiner ist immer von zwei bis drei Uhr in der Nacht, in der auf Sommerzeit umgestellt wird.

•

Was mich am Leben stört, ist, dass sich in unserem Kulturkreis Chefs in Konferenzen nicht aus Höflichkeit schlafend stellen, damit ihre Mitarbeiter frei reden können. In Japan ist das so. Wobei: Ich hatte mal einen Werbeagentur-Textchef, der hat das auch hier praktiziert. Bis mir klar wurde: Er ratzte einfach wirklich.

•

Was mich am Leben stört, ist, dass es Männer gibt, bei denen Frauen denken: »*Was für eine gequälte Seele – den kann ich retten!*« Und Männer, bei denen dieselben Frauen denken: »*Was für ein kranker Psycho – ich muss mich retten!*« Der Unterschied zwischen beiden Kerlen: Ersterer sieht süß aus.

•

Was mich am Leben stört, sind Musicals. Es gibt große Kunst, es gibt kleine Kunst, es gibt ziemlichen

Müll, dann folgt erst mal lange Zeit nichts, und irgendwann kommen Musicals. Ich musste mal zusammen mit einem Kollegen ins »Queen«-Musical. Hundert Euro für diesen Abend – ich habe mich beim Mitklatschen zu »We Will Rock You« zur Strafe immer selbst gebackpfeift. *Bumm-Bumm – FLATSCH! Bumm-Bumm – FLATSCH!* Zweimal auf die Schenkel, einmal ins Gesicht. Den ganzen Song durch. Mein Kollege fragte mich später im Foyer, warum ich so rote Backen habe. Ich antwortete, ich glühe immer so vor Begeisterung bei tollen Musicals. Das hat ihn sehr gefreut.

•

Was mich am Leben stört, ist, dass ich es nicht schaffe, würdevoll mit einer Riesenpackung Klopapier die Straße entlangzugehen. Wer das hinkriegt, hat den Bogen verdammt nochmal raus.

•

Was mich am Leben stört, ist, dass ich es gewagt habe, in der Karstadt-Buchabteilung zu fragen: »*Haben Sie auch Cioran?*« Antwort: »*Ceranreiniger gibt's drüben bei den Küchengeräten!*« Von *diesem* Nachteil, geboren zu sein, hatte selbst die schlechtgelaunte Scheuermilch noch nichts ahnen können.

•

Was mich am Leben stört, ist, dass mich neulich die zufällig vorbeilaufende Inhaber-Ehefrau der »Kleinen Konditorei« erwischt hat, wie ich aus einer *anderen* Konditorei heraustrat. Sie hat mich sofort erkannt, das entdeckte ich in ihrem Blick, der mich in die peinliche Berührtheit eines Kerls versetzte, der gerade von seiner Freundin erwischt wurde, wie er aus dem Puff kommt. »*Eure Kuchen und Torten sind tausendmal leckerer – aber ich ertrage es einfach nicht mehr, jedes Mal fast zwanzig Minuten dafür anzustehen …*« Das hätte ich ihr gerne gesagt. Und es wäre auch kein bisschen übertrieben gewesen, denn die Schlange vor der »Kleinen Konditorei« ist *tatsächlich* so lang, besonders am Wochenende. Nichts hasse ich mehr als Stillstand, wenn ich irgendwo auf der Stelle stehen muss und es nicht weitergeht. Ich kann noch nicht mal fünf Minuten an der Bushaltestelle ausharren, ohne dass mich meine Wut über die Verspätung innerlich wie äußerlich zerreißt. Warten bringt mich in die Klapse, und darum war ich in dieser anderen Konditorei, deren Backwaren zwar fürchterlich schmecken, aber in der man deshalb zumindest nicht anstehen muss. Das alles wollte ich loswerden – aber da war die Inhaber-Ehefrau der »Kleinen Konditorei« schon weg und ließ mich in meiner Scham auf der Straße stehen. Staubtrockener Muffin, irgendjemand?

•

Was mich am Leben stört, ist, dass ich ein grobes Missverhältnis feststellen muss zwischen der Zeit, in der ich mir Gedanken über andere mache, und der, in der sich andere Gedanken über mich machen. Muss ich wohl so hinnehmen.

•

Was mich am Leben stört, ist, dass ich nicht mit meiner Lieblings-ZDF-Nachrichtensprecherin Kay-Sölve Richter zusammen bin. Sie sieht süß aus, hat eine noch süßere Stimme, und ich fänd's einfach cool, wenn mich Bekannte fragen, wie meine Freundin heißt, antworten zu können: »*Kay*«. Dann würde mich jeder zuerst für schwul halten, und plötzlich kommt meine Nummer Eins vom Zweiten um die Ecke, der ich einen Kuss gebe. Dann sind die anderen total verwirrt, und Kay-Sölve und ich klären das lustige Missverständnis auf. Danach gehen wir alle zusammen Eis essen und zehren noch Jahre später von dieser Hammer-Anekdote, wenn einer von uns plötzlich wie aus dem Nichts die Runde erinnert: »*Hey, wisst ihr noch damals, als wir dachten, Lars sei zusammen mit einem Kay?*« Ich hoffe sehr, Kay-Sölve kann immer dabei sein zum Mitlachen – sie muss ja doch oft die »heute«-Nachrichten lesen. Eines Tages, Freunde. Eines Tages.

•

Was mich am Leben stört, ist mein peinlicher Anruf neulich bei der Telekom. Ich wollte was wissen zu »web'n'walk Starter«, und was verließ meinen

Mund? *»Guten Tag, ich hätte 'ne Frage zu ›web'n'walk Stalker‹!«* Die Hotline-Alte am anderen Ende wäre vor Lachen fast erstickt. *»Freud'scher Versprecher?«*, hörte ich ihr Gackern aus dem Hörer. Dann legte ich schnell auf. Ich bin jetzt bei Vodafone, die haben weniger fiese Tarifnamen.

•

Was mich am Leben stört, ist, dass meine Freundin so begriffsstutzig ist. Sie kapiert nicht mal, dass wir zusammen sind.

•

Was mich am Leben stört, ist, dass ich dir, mein guter alter Freund, selbstverständlich gerne beim Umzug helfe. Wie du mir dafür danken kannst? Bitte zieh niemals um.

•

Was mich am Leben stört, ist, dass ich nicht wie zivilisierte Menschen ein Magnum essen kann, sondern immer erst komplett drumherum die Schokoschicht abknabbere, bevor ich mich dem Vanillekern widme. Wenn das Eis schon angeschmolzen ist, bricht mir die ganze Scheiße dabei ab, und spätestens dann starren die umstehenden Menschen mich sprachlos an, als sei ich eine grauenvolle Missgeburt. Dasselbe Problem habe ich übrigens auch beim Essen eines Noggers.

•

Was mich am Leben stört, ist, dass die Telekom mir so viele Frei-Kurznachrichten schenkt. Da ich die nie aufgebraucht kriege, versende ich immer am letzten Tag des Monats an irgendwelche Zufallsnummern: »*Der Mensch ist ein grausamer Zufall, und wir werden alle sterben.*«

•

Was mich am Leben stört, ist, dass ich mir manchmal auf dem Weg von meinem Hirn zu meinem Mund einen resoluten Grenzbeamten wünsche, der bei jedem heranrasenden Gedanken stoppend die Hand ausstreckt: »*Hey hey hey – nicht so schnell, Sportsfreund! Na, wo wollen wir denn hin? Auf das gemütliche Beisammensein von Lars und den anderen? Dann erst mal den Pass, bitte … Ach, sieh mal einer an: Nationalität ›bescheuert‹! Sofort umdrehen – du bleibst schön dort, wo du herkommst!*«

•

Was mich am Leben stört, sind Menschen über fünfzig in der Disco. Dasselbe gilt für Menschen *unter* fünfzig in der Disco. Oder überall anders. Und Katzen.

•

Was mich am Leben stört, sind blinkende Kinderschuhe. Man möge mich das nächste Mal rechtzeitig über die Existenz solch infantiler Fußbekleidung mit integriertem Blitz informieren, bevor ich wieder eine Schrecksekunde lang sicher bin: Scheiße, Schlaganfall.

•

Was mich am Leben stört, ist, dass ich keine Superkräfte besitze. Am dringendsten benötige ich die Fähigkeit, wirr gestammelte Nachrichten auf Mailboxen nur mittels Gedankenkraft wieder zu löschen, bevor mein Gegenüber sie abhören kann.

•

Was mich am Leben stört, ist, dass ich neue Notebooks anfangs immer ganz vorsichtig behandele und pflege, aber schon bald keinen Bock mehr darauf habe und sie einfach verstauben und verkratzen lasse. Mit Notebooks meine ich Freundschaften. Mit ich immer noch mich.

•

Was mich am Leben stört, ist, dass ich keine Leichen im Keller habe. Meine liegen für jeden gut sichtbar vor der Haustür.

•

Was mich am Leben stört, ist, wie unfassbar mir gestern am ganzen Körper die Suppe runterlief, als ich drei prallvolle blaue Müllsäcke zum Altkleider-Container schleifen musste. Da lernt man mal zu respektieren, welch einen Knochenjob tagtäglich all die hart arbeitenden Mafiosi meistern.

•

Was mich am Leben stört, sind Bewirtungsbelege fürs Finanzamt. Neulich lud mich ein mittelguter Freund zum Essen ein. Ich bestellte den Kinderteller, drauf besagter Freund: »*Nimm bitte was anderes, sonst krieg ich bei der Steuer Probleme.*« Ich: »*Ich möchte aber einen Kinderteller, ich mag Nudeln mit Tomatensauce.*« Er: »*Nimm – bitte – was – anderes.*« Ich schlug vor, er solle seinem Finanzamt unser Treffen als Geschäftstermin mit einem Fünfjährigen verkaufen. Mein Freund entgegnete, das sei für einen Versicherungsvertreter nicht sonderlich glaubwürdig. Ich zur Bedienung: »*Können Sie auf den Beleg was anderes schreiben?*« Wollte sie nicht machen, sie war bereits angenervt von uns. »*Gut*«, gab ich auf. »*Dann nehm ich halt nur 'ne Cola.*« »*Nee, nee, nee!*«, wurde mein mittelguter Freund panisch. »*Iss was, da muss schon ein zweites Gericht drauf!*« Ich bot ihm spontan an, beim Finanzamt anzurufen und zu erklären, warum ich für einen leckeren Kindernudelteller mit Tomatensauce alles andere links liegen lasse. Er wollte die Nummer nicht rausrücken. Wir sind schließlich beide hungrig nach Hause gegangen. Der mittelgute Freund ist jetzt noch ein entfernter Bekannter.

•

Was mich am Leben stört, sind »Apropos«-Überleitungen. Apropos Finanzamt: Was soll der Mist mit Thermopapier-Quittungen? Ich hatte mal eine Steuerprüfung, da konnte ich nur leere Zettel ausbreiten. Das ist so, als gehst du beim Poker All-In und hältst plötzlich nur noch zwei weiße Karten in der Hand. Finanzamtfrau zu mir: *»Da hätten Sie rechtzeitig Kopien machen müssen.«* Ich zur Finanzamtfrau: *»Ahn ICH, dass die verfluchten Dinger mit Zaubertinte gedruckt sind?!«* – Finanzamtfrau: *»Sie müssen leider nachzahlen.«* – Ich (verzweifelt): *»Ich kenn einen, der seine PS3 wegen des BluRay-Players als Präsentationsgerät angibt, obwohl er damit nur zockt – kann ich Ihnen seinen Namen geben, und dann sind wir quitt?«* – Finanzamtfrau: *»Wir senden den Nachzahlungsbescheid zu.«* Gut, es hätte schlimmer kommen können – erst später fiel mir ein: Der Typ mit der PS3 war ja ich. Ich mache jetzt immer brav Kopien von meinen Thermo-Quittungen. Aber nur in Copyshops, die mir eine auf echtem Papier ausstellen, sonst wird das zur Sisyphusarbeit.

•

Was mich am Leben stört, ist meine destruktive Art. Wenn ich wüsste, dass morgen jemand ein Apfelbäumchen pflanzt, würde ich heute noch die Welt untergehen lassen.

•

Was mich am Leben stört, ist Schleichwerbung. Da könnte ich vor Empörung jedes Mal eine ganze Packung Rügenwalder Schinkenspicker verdrücken. Mmmmm, Rügenwalder Schinkenspicker … lecker!

•

Was mich am Leben stört, sind all die Mädchen, die mich im Laufe der Jahre abgewiesen haben. Leckt mich doch am Herzen.

•

Was mich am Leben stört, ist, was passiert, wenn man sich dieses Wort nur einen Tick zu lange anschaut: »*Herz*«. Es verliert jede Bedeutung.

•

Was mich am Leben stört, ist, dass man früher als Kind, wenn der beste Freund am Wochenende bei einem übernachten durfte, heimlich die Sat.1-Softpornos geguckt hat, um sich gemeinsam darüber wegzukichern. Hätte man damals schon geahnt, dass man solche Filme nur wenige Jahre später allein zu ganz anderen Zwecken anschauen wird, wäre das längst nicht so lustig gewesen.

•

Was mich am Leben stört, ist, dass ich nie irgendwas Schlaues sagen werde, was nicht schon irgendjemand vor mir gesagt hat. Es haben ja schon so viele so viel Schlaues gesagt. Genau darin liegt ja das Problem, denn auch hier gilt: Wer zuerst kommt, mahlt zuerst. Beispiel: Die Bürde der späten Geburt machte es mir unmöglich, schon vor 1641 am Start zu sein. Damals hätte ich mit einem simplen »*Ich denke, also bin ich*« noch voll abräumen können, weil Descartes, der alte Proll-Philosoph, mit seinem Angebersatz noch nicht um die Ecke gekommen war. Stattdessen wäre *ich* als großes Genie gefeiert worden, denn seien wir ehrlich: »*Ich denke, also bin ich*« – sooo schwer ist das nicht, darauf zu kommen. Du musstest halt nur schnell genug sein, das Ding als Erster rauszuhauen. Descartes hatte einfach Schwein. Heute lockst du damit natürlich keinen mehr hinterm Ofen hervor. Und so wurden nach und nach alle Ressourcen an schlauen Sätzen, die unsere Sprache hergibt, verschwenderisch aufgebraucht, ohne Rücksicht auf zukünftige Generationen. Jetzt stehen wir hier, im Jahr 2013, und versuchen, uns irgendwie durchzuschlagen mit kümmerlichen Restweisheiten wie »*Ein gutes Pils braucht sieben Minuten*« oder »*Nachts ist es kälter als draußen*«. Ihr hattet die Schläue von euren Kindern nur geliehen – seid verflucht, Vorfahren. Ich schimpfe, also bin ich.

•

Was mich am Leben stört, ist, dass ich manchmal denke: »*Was für arme Schweine, die damals leben mussten, als es noch keine Musikaufnahmen gab – Musik hat meine Seele gerettet.*« Ich fürchte nämlich, dass in dreihundert Jahren einer noch dankbarer denkt: »*Was für arme Schweine, die damals leben mussten, als es noch keine Seelenlutschpastillen gab – Seelen haben meine Seele gerettet.«*

•

Was mich am Leben stört, ist, dass ich nur ein einziges Mal ein wirklich tiefes Gespräch geführt habe. Es war auf Klassenfahrt in der Rübeländer Baumannshöhle und ging über die Möpse von Pamela Anderson.

•

Was mich am Leben stört, ist, dass man Rache am besten kalt serviert. So abgebrüht bin ich leider nicht, aber immerhin: Ich lasse neuerdings brutalstmöglich das Petersilienblättchen weg.

•

Was mich am Leben stört, ist, dass ich nicht kapiere, warum bei manchen Fußgängerampeln die eine Seite ein klein wenig früher auf Grün springt als die andere. Wahrscheinlich gibt es dafür eine ganz einfache, logische Erklärung. Falls ja, soll die bitte lauten: Dahinter stecken die Illuminaten.

•

Was mich am Leben stört, ist, dass ich manchmal völlig neben mir stehe. Wobei das immer noch angenehmer ist als die restliche Zeit, in der ich in mir drin stecke.

•

Was mich am Leben stört, ist, dass Deutsch meine Muttersprache ist. Wahrscheinlich hätte ich sonst an dem Wort »Kladderadatsch« sogar noch ein klein wenig mehr Freude als eh schon.

•

Was mich am Leben stört, ist, dass mein Opa im Zweiten Weltkrieg gekämpft hat und ich schon fast zu heulen anfange, wenn mich nur irgendein Schuljunge im Winter mit einem Schneeball trifft. Tut mir leid, Opa.

•

Was mich am Leben stört, ist, dass ich beim Antritt meines letzten Urlaubes, als ich um drei Uhr nachts aufstehen und zum Flieger musste, schon vorher nervlich so am Ende war, dass mir draußen beim Warten in der dunklen Nacht aufs Taxi der spontane Gedanke kam: *»Die Tasche ist eh gepackt – du kannst dich auch einfach DIREKT in die Psychiatrie fahren lassen …«* Ich war dann doch im Urlaub, aber die Betreuung ließ zu wünschen übrig.

•

Was mich am Leben stört, ist, dass ich gerne einen erotischen Roman schreiben würde, bislang aber nur den einen Satz habe: *»Das Sommernachtsfunkeln der Sterne spiegelte sich in der perlmuttschimmernden Krone des prallvollen Reservoirs, als Emilios Erdbeergeschmack-bekleideter Diener der Lust erschöpft auf allen vieren aus Fionas feuchtem Schenkelfjord kroch.«* Da muss ich jetzt halt was drum herum stricken, wie es dazu kommt, dass

Emilio und Fiona sich in einer sternklaren Sommernacht lieben. Irgendwelche Ideen? Bitte nur durchdachte Vorschläge, die glaubhaft die Sommernacht erklären. Mein Erotikroman spielt in der Zukunft, wo es die Sonne nicht mehr gibt.

•

Was mich am Leben stört, ist, dass es zwei Dinge gibt, die man nie wieder sauberkriegt: meine Gedanken und meinen Backofen. Aber bei meinen Gedanken bestände mit einem brillanten Therapeutenteam zumindest noch ein *Fünkchen* Hoffnung.

•

Was mich am Leben stört, ist, dass ich den Schritt ins Serienkillergeschäft nicht wage. Ich könnte der Reputation des Gentleman-Mörders ganz neue Dimensionen verleihen, denn mein Opferprofil umfasste ausschließlich Paketzusteller, die direkt eine Benachrichtigungskarte schreiben, obwohl ich den ganzen Tag von acht Uhr morgens bis sechs Uhr abends in meiner Wohnung darauf warte, dass sie endlich klingeln.

•

Was mich am Leben stört, ist, dass Männer vom Mars sind und Frauen von der Venus. Das Schlimmste allerdings: Arschlöcher sind von der Erde.

•

Was mich am Leben stört, ist die Frage nach der Henne und dem Ei. Ich verrate euch die Antwort: erst das Ei, dann die Henne. Dazwischen: 28 Tage. Guten Appetit bei eurem 3,50-Euro-Grillhähnchen.

•

Was mich am Leben stört, ist Darth Vader am Ende von »Die Rückkehr der Jedi-Ritter«, wie er neben Obi Wan und Yoda wieder lächelnd in die Jedi eingereiht steht. Nicht mehr als Darth Vader, sondern als guter alter Anakin, der sich in den allerletzten Sekunden seines Lebens gerade noch besonnen hat. Ich weiß, es ist nur ein Film. Aber es ist auch ein bisschen so, als hätte Hitler im Führerbunker schnell noch gemerkt: *»Hmm, so ganz die feine Art war das ja nicht ...«* und wäre im nächsten Moment von Gott herzlich reingewunken worden: *»Moin Adolf, altes Leder – immer rein in die gute Stube! Hast dich ja doch noch gefangen, mein Lieber!«* Meine Meinung: Hier hat George Lucas gepennt. Wie ich bei Episode I.

•

Was mich am Leben stört, sind Menschen, die mich mit einem Blick bedenken, der normal Kinderschändern vorbehalten ist, nur weil ich meine Stand-by-Elektronik nicht richtig ausschalte. Die mir vorwurfsvoll vorrechnen: *»Würde JEDER vernünftig seine Geräte ausmachen, könnten wir sofort zwei Atomkraftwerke abschalten!«* Ich hake dann kritisch nach: »*Wirklich ganz abschalten – oder doch nur auf Stand-by?*« Sofort ist einer von uns beiden eingeschnappt. Kleiner Tipp: Ich bin es nicht.

•

Was mich am Leben stört, ist, dass ich eine Konzept-Weltreise plane, auf der ich von jedem Flughafen ein Taxi direkt ins Hotel nehme und dort mein Zimmer kein einziges Mal verlasse, bis ich mich wieder zurückbringen lasse zum Flughafen und weiterdüse zur nächsten aufregenden Metropole. Mein Arzt plant auch, nämlich, die Dosis zu verdoppeln.

•

Was mich am Leben stört, ist, dass ich beim Joggen immer hartnäckig versuche, die Fußgängerampeln mittels Telekinese auf Grün zu stellen, damit ich ohne Stehenbleiben durchlaufen kann. Sollte es mir je gelingen, hebe ich eure Hand.

•

Was mich am Leben stört, ist der noch immer verbreitete Irrglaube vom fröhlichen Delphin. Delphine sind nicht fröhlich – sie sehen einfach zufällig so aus. Das vermeintliche Lächeln ist kein Gesichtsausdruck, es ist eine von der Natur übergestülpte Maske, die sie nicht ablegen können. Auch, wenn es nicht so ausschaut: In Wahrheit sind die meisten Delphine genauso frustriert und kaputt wie wir Menschen. Wenn es dunkel wird in Sea World, das letzte Streichelkind bereits im Bett liegt, dann schwimmen sie genau wie wir nach Hause, stehen heulend unter der Dusche, zahlen ihre Rechnungen nicht, schlagen ihre Frauen, planen Terror-Attentate, sitzen saufend vor der Glotze und fressen Thunfischfleisch aus Dosen, für das andere Delphine im Fangnetz starben. Und bei alldem sehen sie stets so aus, als würden sie lächeln. Gut, manche tun das tatsächlich, das sind die *wirklich* kranken Schweine unter den Delphinen, aber der Großteil kann schlicht und einfach nichts dafür. Diese Bürde wird auf Mädchenzimmer-Postern von Delphinen im farbübersättigten Sonnenuntergang viel zu wenig berücksichtigt. Hätte ich eine Tochter, sie dürfte sich nur Delphine gemalt von Edward Hopper aufhängen. So viel Realismus muss sein.

•

Was mich am Leben stört, sind die unterdrückten Erinnerungen in meinem Kopf. So langsam kriege ich Platzprobleme.

•

Was mich am Leben stört, ist, dass ich im Schwimmbad meine lahme Blinddarmdurchbruchnarbe gerne als coole Motorradunfallnarbe ausgebe, sobald mich jemand darauf anspricht. Keiner dabei, der nicht an meinen Lippen klebt, wenn ich von meinem dreifachen Überschlag bei der Massenkarambolage auf der A1 berichte. Irgendwann ab der Hälfte der

Story, wo ich mit letzter Kraft noch das Baby aus dem brennenden Auto rette, glaube ich mir sogar selbst. Das ist beängstigend, schließlich besitze ich nicht mal einen Motorradführerschein. Trotzdem lüge ich weiter. Ich bin ein schlechter Mensch. Beschwert euch beim Arzt im Harz, der damals auf Klassenfahrt meine Blinddarmentzündung nicht erkannt hat.

•

Was mich am Leben stört, ist, dass ich ein solcher Profi-Hypochonder bin, dass ich mir sogar Krankheiten einbilde, die vorher noch gar nicht entdeckt waren. Ich habe es langsam satt, dass meine Ärzte dafür die ganzen Credits einheimsen.

•

Was mich am Leben stört, sind die enttäuschenden Ergebnisse meiner Google-Suche »*Einsame Orte*«, als ich mich nach einem Ferienhäuschen zum ungestörten Fertigschreiben dieses Buches umgeschaut habe. Ich stieß definitiv auf zu viele Foren-Tipps für einsame Waldlichtungen und Seen für geilen Sex. Ich zitiere »Abenteurerin_Sina«, eine suchende Seele genau wie ich: »*Wir möchten gerne mal dem Alltag im Schlafzimmer entfliehen.*« Das ist ihr gutes Recht. Aber zur selben Waldlichtung oder zum selben See wie Sina und ihr Stecher möchte ich nicht. Ehe ich beim Schreiben Tag und Nacht das Gestöhne der Einsiedler-Rammler ertrage, bleibe ich lieber in der Stadt und ertrage den Straßenverkehr. Außerdem: Sina plus Partner würde das Klappern meiner Tastatur mindestens ebenso stören, schließlich wollen sie sich einfach nur in Ruhe das Hirn aus dem Leib herausorgeln. Erledigen wir also, was wir zu erledigen gedenken, räumlich weit genug voneinander getrennt. Ich kann heute noch die ganze Nacht. Ich hoffe für Abenteurerin Sina, ihr Freund auch.

•

Was mich am Leben stört, ist, dass Eifersucht sticht wie tausend kleine Mücken und es nicht aufhört zu jucken, bis du dich völlig kaputtgekratzt hast. Und mein Leben ist eine endlos lange Nacht im Regenwald.

•

Was mich am Leben stört, ist, dass ich noch immer auf »Stummfrisur« warte – den ersten Friseursalon, in dem man als explizites Servicemerkmal nicht zugetextet wird. Ich bin bereit, bis zu zwanzig Prozent Stillezuschlag auf meinen Haarschnitt zu zahlen. Machen, Leute. Machen.

•

Was mich am Leben stört, ist, dass ich jüngst beim Auspacken meiner Einkäufe das feuchte Toilettenpapier gedankenverloren ins Eisfach geschmissen habe. Als ich mein fatales Versehen bemerkte, war es schon zu spät. Ich musste mich entscheiden:

Sollte ich auf das unvergleichlich frische Gefühl, das ich seit meinem ersten Hakle-Feucht-Rendezvous nicht mehr missen wollte, verzichten – oder mich einem Klogang am Limit stellen, bei dem mir im schlimmsten Fall meine zarte Rose abfriert wie Reinhold Messner die Zehen? Ein- oder zweimal im Leben steht ein Mann am Scheideweg, der sein ganzes weiteres Dasein bestimmt. Dieser hier war einer davon. Meine Entscheidung? Kalt. So verdammt kalt.

•

Was mich am Leben stört, ist, dass ich alle Achttausender-Gipfel der Verzweiflung bestiegen habe. Ohne Sauerstoffmaske.

•

Was mich am Leben stört, ist, dass man sich nie zu krummen Zeiten verabredet. Warum nicht einfach mal: *»Lass uns am Kino treffen um 19:27 Uhr.«* Oder: *»Ich hab 'nen Tisch reserviert für 20:53 Uhr.«* Gar: *»Ich muss morgen raus um 07:03 Uhr.«* Ich spüre krummzeitfeindliche Tendenzen in diesem Land. Das muss sich schleunigst ändern. Ich gebe euch Zeit bis morgen, 12:17 Uhr.

•

Was mich am Leben stört, ist, dass mein falsches Lachen in Gesellschaft sich in Laufe seiner langjährigen Evolution gefährlich dem Gelächter eines verrückten Wissenschaftlers angenähert hat.

Keine Angst: Ich führe nichts im Schilde – ich gebe nur mein Bestes, eure seltsamen Geräusche so zu imitieren, dass ihr mit mir zufrieden seid.

•

Was mich am Leben stört, ist, dass ich immer die mit Abstand am miesesten zu merkenden PINs für EC- und Kreditkarten kriege. Irgendjemand von der PIN-Vergabestelle hasst mich – aber er oder sie soll mir wenigstens die Chance geben, es wiedergutzumachen. Ich weiß ja nicht mal, was ich getan habe. Lieber unbekannter Feind am längeren PIN-Hebel: Ich will alles wieder geradebiegen, versprochen! In der Zwischenzeit: Tausche die 8379, 2391 und 5017 und ein altes Paninibild von Paul Breitner gegen eine 0000. Bitte melden.

•

Was mich am Leben stört, ist, wenn mich jemand grundlos nicht leiden kann. Ich habe *tausend* Gründe hier rumfliegen, ihr braucht doch bloß zu fragen.

•

Was mich am Leben stört, ist, dass ich keinen Irrenhausleiter kenne. Von dem würde ich gerne wissen, ob im Irrenhaus die etwas leichteren Bekloppten die etwas schwereren Bekloppten für balla-balla halten. Das könnte ich mir gut vorstellen, schließlich ist »irre« kein absoluter Zustand, sondern durchaus steigerbar. Zum Beispiel: Ein wenig irre ist, wenn ein Typ glaubt, er sei Jesus. Ganz viel irre ist, wenn derselbe Typ glaubt, er sei Daniela Katzenberger wiedergeboren als Nashorn. Ich möchte in der Klapse nicht zu denen gehören, die selbst dort noch von den anderen verarscht werden. Ich fürchte nur, das ließe sich schwer verhindern.

•

Was mich am Leben stört, ist, dass ich mich manchmal frage, ob ich vielleicht *tatsächlich* verrückt bin und es einfach selbst nur nicht weiß. Ich schreibe diese Überlegung einfach mal testweise hier hin – um heimlich zu beobachten, ob die Menschen um mich herum jetzt plötzlich die Köpfe zusammenstecken und aufgeregt tuscheln: *»Er scheint sich seines Zustandes bewusst zu werden!«*

•

Was mich am Leben stört, ist, dass ich nie den nötigen Mumm aufzubringen vermochte, es öffentlich zuzugeben. Bis zu genau diesem Moment: Ich habe *keinen* blassen Schimmer, wie man ein Spannbettlaken zusammenlegt!

•

Was mich am Leben stört, ist, dass ich so unaufregend bin. Das regt mich auf.

•

Was mich am Leben stört, sind Leute, die *»Ich habe schon lange keinen Fernseher mehr!«* als aktive intellektuelle Leistung betrachten, die es der Welt bei jeder Gelegenheit stolz mitzuteilen gilt. Ich habe schon lange keine solchen Bekannten mehr.

•

Was mich am Leben stört, sind Zeitdiebe bei Jauch, die sich in mühsamer Schwerstarbeit mit vier Jokern bis 8000 Euro hochquälen, dann eine knappe Viertelstunde bei der 16000-Euro-Frage sinnlos rumüberlegen, um schließlich zu faseln: *»8000 Euro sind viel Geld, und die anderen sollen auch noch drankommen.«* Verschwendet nicht meine Zeit. Ihr versaut mir meine gemeinsamen Abende mit Günther Jauch, und die sind mir wichtig. Montags und freitags, 20:15 Uhr, RTL, »Wer wird Millionär?« – diese verlässliche Konstante gibt mir Halt und Sicherheit, also macht mir das nicht kaputt. Mir ist schon klar, dass ihr mit euren mühsam ereierten 8000 Euro trotzdem als Helden nach Hause zurückkehrt: *»Boah, was DU alles gewusst hast!«* Selbst euer Telefonjoker, sprich: einer von euren drei schlausten (!) Freunden, konnte schließlich nicht bei der 2000-Euro-Frage helfen. Unter den Blinden ist der Einäugige bekanntlich König. Ich allerdings besitze noch beide Augen, und keines von denen, ich habe sie getrennt voneinander befragt, will euch bei Jauch sehen. Macht den Stuhl frei, aber hurtig. Und noch was: sich bei der 50-Euro-Frage süffisant lächelnd über die Gag-

Antworten lustig zu machen und schon bei der 1000-Euro-Frage nur noch eine Urlaubspostkarte vom Resthirn zu kriegen? Erbärmlich. Aber all das kapiert ihr natürlich nicht. Auch nicht, wenn ihr Jauchs völlige Angenervtheit fehlinterpretiert als neckische Sympathie, die euch signalisiert: Der will noch ewig so mit mir zusammensitzen. Wie ein Engel der Einfalt strahlt ihr auf dem Kandidatenstuhl, wo ihr es euch muckelig gemacht habt, während mir auf meinem Sofa langsam, aber sicher dünkt: Es ist vorbei. RTL zahlt 8000 Euro. Ich zahle einen komplett versauten Abend.

•

Was mich am Leben stört, ist, dass ich die Antwort auf den Sinn des Lebens nicht weiß – und alle Joker sind weg. Ich muss aussteigen.

•

Was mich am Leben stört, sind Menschen, die am 29. Dezember 2012 im Cinemaxx Hamburg-Dammtor, Saal 1, Reihe 12 Mitte, Spätvorstellung »Der Hobbit«, alle zehn Minuten ihr Samsung Galaxy G3 aus der Tasche ziehen, das Flutlicht auf volle Helligkeit anwerfen, ein Foto ihres Babys öffnen und sich allen Ernstes nicht zu blöd sind, ihr Smartphone erst zärtlich zu streicheln und es dann kurzerhand feucht abzuschmatzen. Du weißt, wer gemeint ist.

•

Was mich am Leben stört, ist, wenn man am Telefon miteinander sprechen will und der andere immer zur selben Zeit ansetzt oder schweigt, wenn man selbst ansetzt oder schweigt. Das passiert mir oft. Leider traue ich mich nie, in einer solch ansonsten ausweglosen Situation resolut durchzugreifen, indem ich anweise: *»Okay, okay, okay – wir halten jetzt mal BEIDE schön die Schnauze, und dann redest DU als Erstes, und danach rede ICH, und dann sprechen wir uns für die nächste Runde neu ab …«* Es wäre dringend vonnöten. Nach dem erfolglosen Telefonat gehe ich enttäuscht einkaufen und komme nicht an dem Kerl vorbei, der immer zur selben Zeit nach links oder rechts geht, wenn man selbst nach links oder rechts geht. Diese Welt ist abscheulich.

•

Was mich am Leben stört, ist, dass man nur mit dem Herzen gut sieht. Meines übersieht viel zu oft das Schild *»Vorsicht, Stufe!«*

•

Was mich am Leben stört, ist, dass du in deinem eigenen der Star sein sollst. Mein Agent hat schlecht verhandelt.

•

Was mich am Leben stört, ist, dass ich mir gerne ein Ticket für eine »Warten auf Godot«-Aufführung kaufen würde, um die ganze Vorstellung hindurch zu rufen: »*LAAAAAAAANGWEILIG!*« Wenn irgendwann das Schutzschild meines Hirns zusammenbricht, garantiere ich für nichts mehr.

•

Was mich am Leben stört, ist der unendlich verzweifelte Blick, mit dem mich heranhetzende Frauen durch die Scheibe der losfahrenden U-Bahn anstarren, während sie flehend den ihnen entfleuchenden Türknopf malträtieren. Meine Damen, zähmt eure Todesangst: Hier düst nicht das letzte Rettungsboot der »Titanic« davon – die nächste Bahn kommt in vier Minuten.

•

Was mich am Leben stört, sind die Antworten auf die Sicherheitsfragen zum Zurücksetzen meines Passworts: »*Was ist Ihr Lieblingsessen?*« Alles. »*Wo haben sich Ihre Eltern kennengelernt?*« Keine Ahnung, ich bin ein schrecklicher Sohn. »*Wie hieß Ihr bester Schulfreund?*« Einsamkeit. Da kommt doch jeder Depp drauf, der meinen Account hacken will.

•

Was mich am Leben stört, sind Pollen. Im letzten Sommer stand ich vor der Volksbank, da fragt mich plötzlich ein Typ mit schwarzer Sturmhaube, ob ich ihm mit meinen roten Laseraugen drinnen schnell den Tresor aufbrennen könne. Wahre Geschichte, ich schwöre. Bis auf den Bankräuber. Und in

Wirklichkeit stand ich vor Rossmann. Also alles gelogen, außer das mit meinen roten Augen. Was aber völlig ausreicht, um sich von Pollen gestört zu fühlen.

•

Was mich am Leben stört, ist, dass wenn ich die Fähigkeit hätte, mich an jeden beliebigen Ort der Erde zu beamen, ich sie wahrscheinlich trotzdem nur nutzen würde, um bequemer vom Bett aufs Sofa und zurück zu gelangen.

•

Was mich am Leben stört, ist, dass ich so gerne den Satz »*Ich geh nur schnell Zigaretten holen …*« sagen und für immer verschwinden würde. Leider bin ich Nichtraucher.

•

Was mich am Leben stört, ist, dass ich noch nie in eine Schlägerei verwickelt war. So ein richtig zünftiges Bud-Spencer-Terence-Hill-Ding, mit auf dem Rücken zertrümmerten Stühlen und anheizendem Italo-Song im Hintergrund. Ich finde, diese Erfahrung sollte jeder echte Kerl gemacht haben. Ich stelle sie mir ähnlich geschlechtsdefinierend vor wie für Frauen die Geburt ihres Kindes – nur tausendmal schöner. Kleiner Exkurs: Mich stört am Leben auch, dass zu wenig Menschen Bud Spencers Gebrauchsmuster-Anmeldung für eine Zahnbürste mit integrierter Zahnpasta würdigen. Es ist bestimmt superpraktisch, wenn man sich nach der Schlägerei vor dem zersprungenen Spiegel direkt das Blut von den Zähnen putzen kann. Ihr merkt: Ich komme sofort zurück auf die Prügelnummer, so sehr brennt die Sehnsucht in mir, endlich mal so richtig zu vermöbeln und selbst vermöbelt zu werden. *»Kannste haben, Alter!«*, wird mancher jetzt denken und meine Adresse googeln. Nein, so funktioniert das nicht. Ich will den *echten* Ärger. Ich gehe schließlich auch nicht zu einer Prostituierten auf der Suche nach der wahren Liebe. Natürlich schäme ich mich, mit Mitte dreißig noch Prügeljungfrau zu sein. Vielleicht sollte ich öfter den ersten Schritt wagen, allen Mut zusammennehmen und jemanden auf der Straße anpöbeln. Es ist nicht so, dass ich es nicht versucht hätte. *»Deine Mutter ist SO fett!«*, habe ich mal einem Wildfremden hinterhergerufen. *»Beth Ditto versteckt sich hinter ihrem kleinen Finger!«* Leider erwuchs aus meinem unbeholfenen Schlägerei-Flirt nicht mal eine popelige Meinungsverschiedenheit, weil der Typ überhaupt nicht wusste, wer Beth Ditto ist. Gossip galten damals noch als Geheimtipp, weit vor deren Erfolgssingle, die nach all dem Dauergedudel so genervt hat, dass ich später lieber Beth Ditto *persönlich* verkloppt hätte. Jedenfalls verlor sich die Fallhöhe meiner Beleidigung im Popkultur-Unwissen des

Angepöbelten – er ließ mich einfach stehen. Keine Kopfnuss zum Abschied, nicht mal ein blaues Auge. Gar nichts. Meine Freunde versuchten mich zu trösten: »*Andere Mütter haben auch starke Söhne.*« Jaja. Die hatten leicht reden, die haben alle schon frühreif in der Grundschule eins aufs Maul bekommen. Ich kaufe mir jetzt erst mal eine Zahnbürste mit integrierter Zahnpasta für die Hosentasche. Man weiß ja nie.

•

Was mich am Leben stört, ist, dass ich für einen Drei-Tage-Bart geschlagene sechs Tage brauche. Für einen Vollbart geschätzte zehn Jahre. Das ist für mich ein ziemlicher Schlag in die babypopoglatte Fresse, was meine Männlichkeit betrifft. Aber so ist mein Körper nun mal: eine dumme Sau seit 1977.

•

Was mich am Leben stört, ist, dass es Menschen gibt, die behaupten, ich hätte einen winzig kleinen Schwanz. Diese Menschen nennt man Urologen.

•

Was mich am Leben stört, ist, im Restaurant nach einem »*Tisch für eine Person, bitte!*« fragen zu müssen. Ich finde, allein für diese Bereitschaft zur Selbsterniedrigung verdiene ich den Arme-Sau-Rabatt auf mein Essen.

•

Was mich am Leben stört, ist, wenn mein Körper im Schein der Straßenlaterne gleich drei Schatten wirft – einen schwarzen in der Mitte, zwei grauere davor und dahinter. Gemeinsam marschieren wir vier im Gleichschritt wie eine dunkle Armee der Seelenlosen. Ich habe keine Ahnung von Physik, daher weiß ich auch nicht, wie meine drei Schatten entstehen. Aber ich habe sie gestern auf dem Weg zurück vom Kino gesehen, und ich weiß: Sie bereiten mir Furcht.

•

Was mich am Leben stört, ist, dass ich künstlich beatmet werden muss. 24 Stunden am Tag von mir selbst.

•

Was mich am Leben stört, ist das Arschloch, das sich Trauben-Nuss-Schokolade ausgedacht hat. Wie pervers kann man sein?!

•

Was mich am Leben stört, ist, dass ich, wenn ich zugeschwallt werde und nicht zuhören mag, einfach in regelmäßigen Abständen mechanisch nicke und sage: *»Ja, kann ich gut verstehen.«* Das ist in 98 Prozent aller Fälle der sichere Autopilot durchs komplette Gespräch.

•

Was mich am Leben stört, ist, dass ich mir vor zwei Jahren eine Living-Colors-Lampe gekauft habe, an der man sechzehn Millionen verschiedene Farben einstellen kann. Ratet mal, wie viele davon ich bis heute genutzt habe. Genau.

•

Was mich am Leben stört, ist, dass ich zwar keinen Beweis für meine These liefern kann, mir jedoch ziemlich sicher bin: Hätten die Urmenschen *nicht* irgendwann das Feuer entdeckt, wäre heute zwar vieles ätzender – unterm Strich würde die Nichtexistenz der Grillfeste auf meinem Nachbarbalkon das alles aber locker aufwiegen.

•

Was mich am Leben stört, ist, dass mir ein Kollege empfohlen hat, zur Stärkung der Immunkräfte Ingwer pur zu essen. Ich also: eine frische Ingwerwurzel gekauft und herzhaft reingebissen. Im nächsten Moment fehlten nur noch die schöne Prinzessin und der tapfere Prinz. Der feuerspeiende Drache wartete schon.

•

Was mich am Leben stört, ist, dass die anderen auch nur mit Wasser kochen. Aber mit verdammt gutem. Perrier, mindestens. Ich selbst koche mit leerem Topf.

•

Was mich am Leben stört, ist das Motto: *»Dabeisein ist alles.«* Dabeisein ist nicht alles. Dabeisein ist Dabeisein – nicht mehr und nicht weniger.

Gewinnen ist alles, denn es impliziert automatisch auch das Dabeisein. Ich selbst bin stets nur dabei.

•

Was mich am Leben stört, ist, wenn ich aus Versehen Brennnessel- statt Pfefferminztee kaufe. Die Verpackungen sehen sich so verdammt ähnlich, dass ich nicht weiß, wie die Chefs von Teekanne, Messmer und Konsorten noch in den Spiegel gucken können. Einmal habe ich versucht, die versehentlich bereits aufgerissene Packung umzutauschen. Die Verkäuferin zu mir: *»Da müssen Sie schon besser aufpassen.«* Ich zur Verkäuferin: *»Da muss höchstens die NATUR besser aufpassen, dass sie zwei Pflanzen mit solch grundverschiedenen Aromen etwas unterschiedlicher aussehen lässt!«* So patzig bin ich normalerweise gar nicht, aber ich war vom Nippen am fälschlicherweise aufgebrühten Brennnesseltee noch aggressiv. Die Verkäuferin hat die offene Packung nicht zurückgenommen, worauf ich sie gespendet habe für den Kindergeburtstag eines Bekannten. (Die Packung, nicht die Verkäuferin.) Es sei, so geht die Legende, der beste Teebeutelweitwurf-Wettbewerb aller Zeiten gewesen. Das kann ich gut nachvollziehen.

•

Was mich am Leben stört, sind Nachträge, weil der Verfasser sie aus Faul- oder Blödheit, wahrscheinlich beides, nicht in den Haupttext integriert hat. Und was ich noch zum Thema Pfefferminztee sagen wollte: Was mich am Leben stört, ist, dass wir schon viel zu lange der Heißgetränk-Welt-verschwörung aufsitzen, Tee aus frischer Minze sei edler, besser und schöner als profaner Beuteltee. Ich rühre und rühre das ach so sophisticated frische Minzbüschel durch mein heißes Wasser, zermörsere die Blätter mit dem Löffel auf dem Boden, presse sie im Kreis drehend an die Glaswand, in der Hoffnung, dass aus dem Ganzen endlich mal Pfefferminztee wird, aber es bleibt: heißes Wasser mit einer Nuance von einem Hauch von einer Spur Pfefferminze. Mit dem guten alten Beutel passiert mir das nie. Nur einmal kam Geschmack bei frischer Minze durch, der war allerdings komisch, bis ich merkte: Die Bedienung hatte bei meinem Stängel vergessen, das noch dranhängende Gummiband zu entfernen. Ja, Café MAY, ich zeige auf euch. Aber keine Angst: Es hat ein wenig gedauert, doch ich habe euch verziehen. Wir Beuteltiere sind gutmütige Gesellen.

•

Was mich am Leben stört, ist, dass jede Falte in meinem Gesicht eine Geschichte erzählt. Nämlich: *»Du wirst alt!«*

•

Was mich am Leben stört, ist, dass ich mental einfach zu reif für mein Alter bin. Ich werde irgendwann einen echt coolen, verbitterten Grummel-Opa abgeben.

•

Was mich am Leben stört, ist, wenn ich jemandem ein ganz bestimmtes Foto auf meinem iPhone zeige und dieser eigenmächtig weiterwischt, was sonst noch an Fotos drauf ist. Betrachte diese Geste gleichwertig mit dem Schlag eines Handschuhs in mein Gesicht, der mich zum Duell herausfordert.

•

Was mich am Leben stört, sind die 4, 8, 15, 16, 23, 42. Und dass ich mich nach der letzten Ziehung der Lottozahlen den Charakteren aus »Lost« näher fühle als jeder einzelnen Person aus meiner Familie.

•

Was mich am Leben stört, ist, dass Alexander der Große angeblich nur 1,50 Meter groß war. Nach derselben Logik verlange ich, in die Geschichtsbücher einzugehen als Lars der Geile.

•

Was mich am Leben stört, ist, wenn mich ein süßes Mädchen im Club anspricht, wir uns toll unterhalten und sie mich irgendwann fragt, ob ich noch mit zu ihr komme. Weil sie von einem wie mir definitiv nichts wollen kann, gehe ich fest davon aus, dass sie mich nur in eine dunkle Ecke locken will, wo mir ihr Komplizenfreund mit dem Knüppel von hinten eins überbrät und beide meine Geldbörse stehlen. Auf der dreckigen Straße lassen sie mich liegen und rennen ebenso dreckig lachend weg. Sprich mich bloß nicht an, süßes Mädchen. Ich weiß genau, was du vorhast.

•

Was mich am Leben stört, ist, dass ich keinem Swingerclub angehöre. Ich käme zwar selbst dort nicht zum Zuge, wäre aber gern gesehen wegen meines leckeren mitgebrachten Kartoffelsalats.

•

Was mich am Leben stört, sind Menschen, die Lügengeschichten über sich selbst auftischen. Ich verwette meinen Nobelpreis darauf, dass die sich nur wichtigmachen wollen.

•

Was mich am Leben stört, ist, dass dieses Buch kein Schrei nach Hilfe ist. Meine Eltern haben mir verboten, in der Öffentlichkeit rumzubrüllen.

•

Was mich am Leben stört, ist das Schild »Messe- und Kongressstadt«. Sexy ist was anderes, da helfen selbst die drei »s« nichts. Wenn ich als Reisender in einem Bahnhof »Messe- und Kongressstadt« sehe, bin ich immer heilfroh, nach kurzem Halt weiterfahren zu dürfen. In einer »Puff- und Drogenstadt« dagegen würde ich sofort aussteigen. Denkt drüber nach, Messe-und-Kongressstadt-Bürgermeister.

•

Was mich am Leben stört, ist, dass ich im Supermarkt immer wieder unentschlossen vor dem Regal mit den überzuckerten Cerealien stehe und überlege, wem ich am ehesten vertrauen kann: dem »Frosties«-Tiger, dem »Smacks«-Frosch, dem »Froot Loops«-Tukan oder dem »Chocos«-Bären. Ich hätte von Kellogg's am liebsten naturbelassene Frühstücksflocken mit einem niedlichen Nacktmull.

•

Was mich am Leben stört, ist, dass nicht alle Menschen lebenslang weggesperrt werden, die den Satz »*Kannst du mich bei Facebook adden?*« schon mal gedacht, ausgesprochen oder geschrieben haben. Das muss in unserem Rechtsstaat doch möglich sein. Die Opfer werden bestraft, und die Monster lässt man laufen.

•

Was mich am Leben stört, ist, dass ich manchmal kurz denke: So uncool bin ich doch gar nicht – bis ich mich daran erinnere, dass ich mir am Strand mal mit extra wasserfester Baby-Sonnencreme mein Gesicht eingeschmiert und erst diverse furchterfüllte Blicke später kapiert habe, dass die weiße Paste nicht einzieht und ich gruseliger aussehe als der Joker.

•

Was mich am Leben stört, ist, dass mir irgendwann in der Nacht immer die Kinnlade runterfällt. Ich weiß nicht, wie und warum, aber morgens wache ich mit sperrangelweit offenem Mund auf. Das muss so unfassbar dämlich aussehen, ich mag gar nicht darüber nachdenken. Ich habe mal gelesen, dass angeblich jeder Mensch in seinem Leben achtzig Spinnen im Schlaf verschluckt. Das ist definitiv nur der statistische Durchschnitt – in Wahrheit fresse ich in meiner täglichen Nacht der offenen Tür *alle* und die anderen keine einzige. Manchmal stelle ich mir vor, mein Mund sei für kleine magische Fabelwesen ein Tor zu unserer Welt, das sich zur magischen Stunde öffnet. Dann kraxeln sie mit winzigen Spitzhäckchen meinen Hals hoch (daher morgens das Kratzen im Rachen), kämpfen sich mutig an den Riesenspinnen vorbei und schauen neugierig aus meinem Mund heraus, was hier im Schlafzimmer so abgeht. Nicht viel, aber das ist ein anderes Thema. Auf jeden Fall macht mir diese märchenhafte Vorstellung mein Manko mit dem offenen Mund erträglicher. Ob die kleinen Fabelwesen auch tagsüber rausgucken, wenn ich im Zug einpenne? Das dürfte die anderen im Abteil ganz schön irritieren.

•

Was mich am Leben stört, ist, dass ich dem Grafen ein paar Cent in den adeligen Rachen warf, als ich seinen Powerhit »Geboren, um zu leben« im iTunes-Store kaufte. Es ging nicht anders – ich brauchte dringend einen schnell wirksamen Cool-Down-Song, weil ich gerade ein neues Lieblingslied hatte, das so unbegreiflich perfekt war, dass ich nur noch *dieses* hören wollte, Tag und Nacht, wieder und wieder. Solch einen ganz besonderen Song möchte ich mir nicht durch zu häufiges Hören kaputtmachen – ein einziges Mal zu oft auf Dauer-repeat, so meine Sorge, könnte ihm brutal das magische Zaubergemächt abreißen, das so gewaltig zwischen seinen Noten baumelt. Deshalb muss ich mich immer wieder zwingen, pseudomäßig ein anderes, seelenloseres Stück einzuwerfen, das mich runterholt. Das war »Geboren, um zu leben«. Und was soll ich sagen? Funktioniert einwandfrei – ich nutze den Song als Cool-Downer bis heute. Wenn ich die 3:50 Minuten überstanden habe, darf ich als Belohnung endlich wieder das Lied hören, das meine Ohren *eigentlich* begehren. Im Grunde sollte mir das die paar Cent an den Grafen doch wert sein. Ich weiß auch nicht, warum ich immer rummeckere. Ich schätze, ich bin geboren, um zu stänkern.

•

Was mich am Leben stört, ist, dass die einen sagen, das Glas sei halb voll. Die anderen sagen, das Glas sei halb leer. Ich sage: Dieses gemeinsame Bier mit den Kollegen war meine schlimmste Entscheidung der ganzen Woche.

•

Was mich am Leben stört, ist, dass es nach der Hälfte keine Pinkelpause hat. Ich glaube, ich würde einfach nach Hause gehen.

•

Was mich am Leben stört, ist meine Methode gegen Krümel auf dem Sofa: zwischen Daumen und Zeigefinger so lange weiterzerkrümeln, bis sie weg sind. Bitte sagt mir, dass ich nicht der Einzige bin.

•

Was mich am Leben stört, ist, dass jede Diskussion mit einem Idioten dich auf sein Niveau herabzieht. Sagt der Typ, mit dem ich mich vorhin gestritten habe.

•

Was mich am Leben stört, ist der Stolz mitteilungsbedürftiger Menschen auf ihren Jetlag, als hätten sie dafür mehr geleistet, als sich einfach in ein blödes Flugzeug zu setzen und durch die Luft kutschieren zu lassen. Ich habe es kapiert: Für euch wäre jetzt eigentlich drei Uhr nachts. Na und? Für mich wäre jetzt eigentlich Zeit zum Leben – habe ich auch komplett übersprungen. Kann ich nicht empfehlen, die Reise.

•

Was mich am Leben stört, ist, dass vor einigen Jahren auf offener Straße ein mir wildfremdes Kind auf dem Arm einer mir ebenso wildfremden Frau mit dem Fingerchen auf mich deutete und freudestrahlend rief: *»Pa-pa! Pa-pa!«* Da musste ich ganz schön schlucken. *»Hab ich irgendwas verpasst?«*, fragte ich die Mutter. *»Nein, nein, Entschuldigung!«* Sie huschte mit ihrem Kind peinlich berührt an mir vorbei. *»Ich würd's machen, ich hab eh nichts Besseres vor …«*, rief ich hinterher. Nur als Angebot. Bis heute sah ich die beiden nie wieder. Kleiner, falls du das hier irgendwann liest: Ich habe dir ein Sparbuch eröffnet, an das du mit achtzehn randarfst.

•

Was mich am Leben stört, ist, dass Adam nicht gesagt hat: *»Komm Eva, den Blödsinn machen wir nicht mit – ich lass mich sterilisieren …«*

•

Was mich am Leben stört, ist, dass ich nie Lust habe, im Urlaub Fotos zu machen, meine Eltern aber immer welche sehen wollen. Was zur Folge hat, dass ich in der Google-Bildersuche meinen Urlaubsort eingebe und einen Strauß Schnappschüsse zusammenklaue, den ich als meinen eigenen ausgebe. Die fröhlichen Leute darauf sind all die neuen Freunde, die ich vor Ort kennengelernt habe. Super Typen, wir hatten viel Spaß.

•

Was mich am Leben stört, ist der Tag, an dem mein Vater anrief: *»Der Hund ist tot.«* Ich: *»Wie bitte?«* Vattern: *»Der Hund ist tot. Wir mussten ihn gestern einschläfern lassen.«* Ich: *»Und da gebt ihr nicht mal* *vorher Bescheid?! Ich hätte mich wenigstens gerne verabschiedet!«* Natürlich hätte ich das nicht. Ich hätte alles versucht, und wahrscheinlich wäre es mir sogar gelungen, meinen Eltern die Einschläfer-Aktion auszureden, obwohl der Hund sich schon seit Monaten nur noch gequält hatte, es also die richtige Entscheidung gewesen war, auch wenn ich sie nicht akzeptieren wollte. Ich habe wirklich sehr an diesem blöden Köter gehangen. Zuerst dachte ich, mit dem Tod des Hundes würde die letzte Fabrik der Firma Empathie GmbH & Co. KG in meinem Kopf für immer ihre Tore schließen. Inzwischen rollen die Bänder aber wieder, auch wenn der Standort gefährdet bleibt. Am Tag, an dem ich per Telefon erfuhr, dass der Hund tot ist, erfuhr ich auch, dass Meike von nebenan ihr Kind bekommen hat und der Schlecker-Markt in der Bahnhofsstraße dichtgemacht hat. Ihr vermisst die Pointe. Ich vermisse meinen Hund.

•

Was mich am Leben stört, ist, dass irgendwelche Pfeifen mir die Überlegenheit der menschlichen Spezies weismachen wollen, und unser Hund konnte sich so einrollen, dass er seinen eigenen Arsch als Kopfkissen benutzt. Fall geschlossen.

•

Was mich am Leben stört, ist, dass ich bald im Alter bin für meine erste Darmspiegelung und mich nicht traue. Mein Masterplan war immer gewesen, die Schlauchnummer komplett zu überspringen und erst dann auf der Party aufzutauchen, wenn die Kamerapille zum Runterschlucken salonfähig ist. Mich erfüllte stets Zuversicht, dass mein Geburtsjahrgang gut im Zeitplan liegt, was den medizinischen Fortschritt auf diesem Gebiet betrifft – und jetzt: 35, und wir kriegen immer noch Propofol-berauscht Schläuche in den Arsch. Liebe Wissenschaft: Könntet ihr freundlicherweise eure Arbeit am Heilmittel für AIDS und Krebs kurz unterbrechen, um diese verdammte Minikamera zum Runterschlucken klarzumachen? Ich führe hier einen Wettlauf gegen die Zeit, falls ihr das noch nicht mitgekriegt habt. Ja, ich warte.

•

Was mich am Leben stört, sind »*Wollte ich auch gerade vorschlagen!*«-Arbeitskollegen. Nein, wolltest du nicht.

•

Was mich am Leben stört, ist, dass das Leben wie eine Schachtel Pralinen ist. Die ranzig weißen, abgelaufenen ganz hinten aus Omas Schrank.

•

Was mich am Leben stört, ist, dass ich inzwischen schon so viele Sonnenbrillen verloren und vergessen habe, dass ich damit auch direkt einen kompletten Mafia-Clan hätte ausstatten können. Das wäre schlauer gewesen, denn der hätte mich zum Dank beschützt.

•

Was mich am Leben stört, ist, dass ich in diesem Leben nicht mehr kapieren werde, mit welchen der mindestens drei Decken auf dem Hotelbett ich mich zudecken soll und welche nur Deko sind. Ja, ich bin ein Idiot, und ich stehe dazu. Immer noch besser, als *gar* nicht nachzudenken und sich selbst unter drei schweren Decken zu begraben. Das mache ich nach zu viel Grübeln am Ende leider auch.

•

Was mich am Leben stört, ist, dass ich mich nicht in einem Slapstickfilm befinde. Ich würde gerne mal im hohen Bogen auf einer Bananenschale ausrutschen, mit einer riesigen Glasscheibe vors heranrasende Auto laufen und ganz oben im Treppenhaus das Klavier nicht mehr halten können. Alles an einem Tag. Das wäre ein guter Tag, von dem würde ich irgendwann meinen Enkeln erzählen, wenn ich denn Kinder hätte, die mir diese Enkel zeugen könnten. *»Wollt ihr mal die tolle Geschichte hören, wie Opa sich an einem einzigen Tag auf einer Bananenschale flachgelegt hat, ihm eine riesige Glasscheibe um die Ohren geflogen ist und er vom Klavier überrollt wurde?« – »Halt's Maul, alter Mann, und gib uns Kohle für den Führerschein!«* Vielleicht doch gut, dass ich keine Enkel haben werde. Und mich auch nicht im Slapstickfilm befinde. Der käme in bunt sowieso blöd.

•

Was mich am Leben stört, ist, dass wir alle nur die Frikadelle sind zwischen der Brötchenhälfte, in der wir *noch* nicht existiert haben, und der, in der wir nicht *mehr* existieren werden. Dieses fluffige Sesambrötchen ist sehr viel dicker, als so mancher unbeschwerten Flitzpipe da draußen klar wird. Aber keine Sorge: Die Ewigkeit hat einen verdammt großen Mund. Und Hunger.

•

Was mich am Leben stört, ist, dass ich unterwegs mit der Deutschen Bahn schon mal mit vollem Körpereinsatz einen Spastiker gemimt habe, um das ansonsten leere Sechserabteil für mich allein zu behalten. Was mich noch mehr stört, ist, dass sich einer dazugesetzt hat, den dieser Anblick nicht störte, so dass ich die kräftezehrende Nummer von Bremen bis nach Köln durchziehen musste.

•

Was mich am Leben stört, ist, dass Pinkeln im Bahnhofs-WC-Center inzwischen schon einen Euro kostet. Urin – das flüssige Gold.

•

Was mich am Leben stört, ist, wenn ich mich beim Erzählen einer Geschichte plötzlich erinnere, dass ich sie meinem Gegenüber schon einmal erzählt habe. Und die Geschichte trotzdem zu Ende erzählen muss, weil mein Gegenüber bereits zu lange heuchelt, er würde gespannt zuhören.

•

Was mich am Leben stört, ist der Film »Verschollen« mit Tom Hanks. Wegen des traurigen Endes, als er wieder zurück muss zu den Menschen.

•

Was mich am Leben stört, ist, dass ich fast mal was mit der Schwester meines besten Freundes gehabt hätte, es dann aber doch daran gescheitert ist, dass ich mir in der Kiste immer hätte vorstellen müssen: Du hast gerade Sex mit der weiblichen DNA-Version deines besten Freundes. Wieder einmal verpasste ich eine von vielen Chancen, im Schulbuch nachzuschlagen, wie Biologie *wirklich* funktioniert. Und eine von wenigen Chancen, Sex zu haben. Letzteres bereue ich mehr.

•

Was mich am Leben stört, ist, dass ich ein Sonntagskind bin. Still, langweilig, und alles in mir hat zu.

•

Was mich am Leben stört, sind Energydrinks in Dosen. Wie die uns mit ihrem angeblich so anregenden Taurin immer versprechen … ach, ich bin zu müde, um mich aufzuregen.

•

Was mich am Leben stört, ist, dass es beim Eingang einer E-Mail hier öfter plingt als früher beim »Glücksrad«, wenn der Kandidat ein »E« gekauft hat. Ich besitze definitiv zu viele Apple-Produkte.

•

Was mich am Leben stört, ist, dass wir alle viel zu wenig miteinander reden. Die Menschen müssen sich endlich mehr austauschen. Und wenn Ironie nicht verstanden wird, das stört mich auch.

•

Was mich am Leben stört, ist, dass ich mir im Alltag mal testweise ein »Bitte nicht stören«-Hoteltürschild ans Ohr gehängt habe. Funktioniert nicht.

•

Was mich am Leben stört, sind Verkäuferinnen, die zwei Oktaven höher mit mir reden als normal. Okay, ich weiß nicht, wie viel zwei Oktaven sind, aber auf jeden Fall sprechen Verkäuferinnen mit mir deutlich höher, als sie es privat mit jedem normalen Menschen tun würden. Fast wie mit einem Kleinkind. Da sind viele Verkäuferinnen vorbelastet, weil von zehn Kunden wahrscheinlich mindestens acht tatsächlich unfassbar beschränkte Fragen stellen. Ich fände es trotzdem höflich, wenn sie mir, bevor sie ihre Stimme automatisch hochpitchen, eine kurze Chance zum Beweis gäben, dass ich *nicht* dazugehöre. Weil diese Stimmlage mich sonst so sehr verunsichert, dass sich mein

Auftreten automatisch mit ihr synchronisiert und ruckzuck haben wir eine waschechte selbsterfüllende Prophezeiung allerersten Kanonenrohrs. Liebe Verkäuferinnen: Eure hochgetunten Stimmen sind eine Waffe, und ihr wisst sie einzusetzen. Wer sollte euch einen Vorwurf machen? Ich zum Beispiel. Oder er. Oder sie. Eigentlich jeder. Doch wir trauen uns nicht. Denn ihr habt so hohe Stimmen.

•

Was mich am Leben stört, ist, dass ich alt genug bin zu wissen, wie sich ein Neunnadeldrucker anhört. Wie ist es möglich, dass ich Steinzeitmensch überhaupt noch lebe?

•

Was mich am Leben stört, ist der Aufrüstwahn bei Geschirrspültabs. Wir sind inzwischen schon bei »Somat 10« – wie viele erfundene Quatschfunktionen braucht es *noch*? Die vorige Generation nervte mit dem Satz: *»Ich erinnere mich, da kostete die Kugel Eis noch ZEHN Pfennig!«* Bei uns wird es später einmal heißen: *»Ich erinnere mich, da gab es noch Somat DREI!«*

•

Was mich am Leben stört, ist, dass ich nicht mehr wie früher direkt gegenüber einer Bushaltestelle wohne. Immer, wenn ich morgens schlaftrunken in Unterhose den Fenstervorhang aufzog, schauten alle

Wartenden zu mir hoch. Ich vermisse meine Zeit am Theater.

•

Was mich am Leben stört, ist, dass ich selbst mein schärfster Kritiker bin. Ich nehme mich aber zum Glück nicht allzu ernst, weil ich weiß: Kritiker wird nur, wer selbst nicht genug Talent besitzt. Moment mal … Ach, Mist.

•

Was mich am Leben stört, ist, dass ich selbst meinen allerbesten Freund nicht umarmen kann. So ein Sechzig-Zoll-Fernseher ist einfach zu breit.

•

Was mich am Leben stört, ist, dass nicht wenige Menschen mich für kontaktgestört halten. Das bin ich auch, aber ausgerechnet bei *den* Menschen, die das von mir denken, ist der Grund meist ganz profan: Auf die habe ich einfach keinen Bock.

•

Was mich am Leben stört, sind die Momente, in denen ich mir wünsche, ich sei eine Frau. Eigentlich gibt es davon nur einen einzigen: Wenn an einem heißen Sommertag die schwitzige Sackhaut mit der des Oberschenkels verklebt wie mit einem guten Zweikomponentenkleber. Ja, ich weiß, das klingt primitiv und auch ein wenig ekelig, aber soll die Wahrheit deshalb unausgesprochen bleiben? Na also. Das stelle ich mir als Frau praktischer vor, die muss dann *nicht* unauffällig das Bein abspreizen wie wir Männer. Dafür erlebt sie aber natürlich auch nie dieses unvergleichlich wohlige Gefühl, wenn sich besagte Sackhaut mit einem leichten Ziehen und Zwacken wieder löst. Ich muss mich korrigieren: Es gibt *keinen* Moment, in dem ich mir wünsche, ich sei eine Frau.

•

Was mich am Leben stört, ist mein optimierungsbedürftiger Sparplan: alles ausgeben und beten, dass irgendwann aus dem Nichts ein reicher Erbonkel auftaucht.

•

Was mich am Leben stört, ist, dass sich auf meinem iPhone immer irgendwelche Apps aktualisieren wollen. Auf die Bugfixes für mein Leben warte ich bis heute.

•

Was mich am Leben stört, ist, dass ich die uns einander nahebringenden Momente vermisse, wenn mein Vater mich kleinen Hosenscheißer auf seinem Pferd mitgenommen hat, um als Sheriff von Deadwood den Posträu… Ach nee, das ist aus meiner Phantasiekindheit im Wilden Westen. Ich war mit meinem Vater nur mal auf einem Genesis-Konzert.

•

Was mich am Leben stört, sind vorschnell urteilende Menschen, die mich als Misanthropen abstempeln. Das finde ich nicht korrekt. Ich habe nichts gegen Menschen. Ich habe lediglich was gegen Blödköppe. Und Angeber. Und angeberische Blödköppe und blödköpperische Angeber. Dass diese vier Gruppen den Löwenanteil der Weltbevölkerung stellen, dafür kann ich nichts. Die übrigen vier Menschen liegen mir umso mehr am Herzen.

•

Was mich am Leben stört, ist, dass ich mal am Abaton meine Kinokarte für dreißig Euro aufladen ließ, einen Fünfziger rüberschob und mit dem Mädchen an der Kasse noch kurz nett quatschte. Danach dachte ich, sie hätte mir meine zwanzig Euro noch nicht rausgegeben, merkte dies an und bekam das Rückgeld. Erst zu Hause entdeckte ich den ersten Zwanzig-Euro-Schein zerknüllt in meiner Hosentasche. Jetzt muss ich ständig mit schlechtem Gewissen daran denken, dass irgendwo da draußen ein Mädchen rumläuft, das mich seit dem Kassensturz später am Abend für einen miesen Betrüger hält. Vielleicht hat es sogar richtig Anschiss vom Abaton-Chef bekommen und die fehlenden zwanzig Euro aus eigener Tasche erstatten müssen. Ich mag mir das gar nicht ausmalen, und muss es trotzdem ständig tun. Das Mädchen war übrigens ziemlich süß, sonst wäre mir das alles scheißegal.

•

Was mich am Leben stört, ist, dass ich auf Kinderfotos aus völlig unerfindlichen Gründen richtig niedlich ausgesehen habe. Die *ganz* frühen, mit sechs war ich schon fett und hatte diese unendliche Weite im Blick. Was ist dazwischen geschehen? Mir fehlen leider Fotos aus der Transformationsphase, die Licht ins Dunkel bringen könnten. Augenzeugen, bitte melden. Dieses Verbrechen der Menschheit ist noch nicht verjährt.

•

Was mich am Leben stört, ist, dass ich ab und zu romantische Anwandlungen bekomme, ich wäre bestimmt ein guter Waldmensch, der in den Tiefen des Dickichts unserer modernen Zivilisation entsagt. Und kaum stehe ich irgendwo zwischen drei Bäumen, bin ich schon genervt von den Mücken und dem fehlenden 3G-Empfang. Toller Waldmensch.

•

Was mich am Leben stört, sind Erfrischungsgetränke *»mit wertvollem Soundso«*. Liebe Brausebrauer: Wenn euer Soundso so wertvoll ist, bringt es zur Bank, aber versucht nicht, mich damit zu verarschen.

•

Was mich am Leben stört, ist, dass ich nie den Satz werde sagen können: *»Ich nehm den Heli!«* Allein dafür, so nehme ich an, würde es sich lohnen, stinkreich zu sein. *»Ich nehm das Holland-Fahrrad!«* hat einfach nicht denselben Sound.

•

Was mich am Leben stört, ist, dass ich, wenn ich zu einem Fahrer mit drei Promille ins Auto steige, mich immer noch circa fünfzehn Prozent sicherer fortbewege, als wenn ich mich selbst nüchtern ans Steuer setze.

•

Was mich am Leben stört, ist, dass ich heute als Erwachsener hundertmal glücklicher bin als damals in der Kindheit. Die Null ist eine ätzende Zahl zum Multiplizieren.

•

Was mich am Leben stört, sind Schlagzeilen wie *»Mann nach drei Jahren tot vor Fernseher gefunden!«* Ich habe danach immer das dringende Bedürfnis, mich bei all meinen Singlefreunden zu melden, damit wir endlich die lang geplante Telefonkette organisiert kriegen, um uns ein solches Schicksal zu ersparen.

•

Was mich am Leben stört, ist, dass ich Menschen, die mir Weihnachtskarten schicken, gerne sagen würde: *»Wenn du sie DIREKT bei dir in den Müll* *schmeißt, können wir aus dem gesparten Porto einen saufen gehen.«* Aber leider kriegst du für 58 Cent ja nirgends ein Bier, geschweige denn zwei. Darum lasse ich es.

•

Was mich am Leben stört, ist, dass ich auf meinem Kontoauszug nie überrascht entdecke, dass ein Wildfremder mir eine Million Euro überwiesen hat. Sollte jemand da draußen diesen untragbaren Zustand ändern wollen: Lars Lindigkeit – Kontonummer 564 402 600 – BLZ 20 041 155.

•

Was mich am Leben stört, ist, dass ich keinen Traum habe wie Martin Luther King. Ich träume immer nur wirres Zeug mit feuerspeienden Drachen, Zombies und mir selbst vor Leuten nackt in Unterhose. Martin Luther Kings Traum dagegen: ein virtuoses Meisterwerk seiner REM-Spätphase. Hammermäßig. Mich würde interessieren, ob Martin Luther King vor dem Schlafengehen weniger schwer gegessen hat wie ich und *deshalb* einen solch kommerziellen Hittraum raushauen konnte. Werde ich bei Gelegenheit ausprobieren. Aber ich habe ja schon Probleme, mir meine Träume überhaupt zu merken. Martin Luther King hat seinen, *den* Traum bestimmt direkt nach dem Aufwachen noch aufgeregt im Pyjama notiert, weil er sofort wusste: Der ist es. Mein persönliches »Mambo No. 5«.

Danach erst mal Frühstück. Ich selbst habe die Hoffnung noch nicht aufgegeben. Ich habe einen Traum, dass ich auch mal einen Traum habe. Einen, in dem ich nicht nackt nach der Farbe meiner Unterhose beurteilt werde (lila), sondern nach meinem Charakter.

•

Was mich am Leben stört, ist, dass ich ausgerechnet bei den akutesten moralischen Beschwerden immer nur Gottes Anrufbeantworter höre: »*Unsere Praxis ist für zwei Wochen geschlossen – in dringenden Fällen wenden Sie sich bitte an den Teufel.*«

•

Was mich am Leben stört, ist, dass ich mich ständig bei jedem für alles entschuldige, auch wenn mich überhaupt keine Schuld trifft. Tschuldigung.

•

Was mich am Leben stört, ist, dass ich schon von den guten alten Byrds weiß: Es gibt eine Zeit, geboren zu werden, eine Zeit zu sterben, eine Zeit zu lachen, eine Zeit zu weinen – aber was es bei mir auf *gar* keinen Fall gibt: eine Zeit zum Fensterputzen.

•

Was mich am Leben stört, ist mein Verzocken zwischen den Tagen beim Weihnachtsgebäck. Am 27.12. gab es bei EDEKA die Zimtsterne 25 Prozent billiger. Am 29.12. schon 50 Prozent. »*Okay*«, dachte ich mir. »*An Silvester bei 75 Prozent schlägst du zu!*« Da waren die Zimtsterne plötzlich weg. Und da wundere ich mich, dass aus mir kein erfolgreicher Hedgefonds-Manager geworden ist.

•

Was mich am Leben stört, ist, dass ich dem Leibhaftigen meine Seele verkaufen würde, um grandios Gitarre spielen zu können. Der aber meint, bei dem Verkehrswert sei maximal Maultrommel auf Anfängerniveau drin.

•

Was mich am Leben stört, ist, dass ich noch immer keine Antwort von Heike habe, ob sie heute Abend mit mir essen geht. Ich habe mich gar nicht erst getraut, sie zu fragen, also sieht's nicht allzu gut aus, aber drückt mir trotzdem die Daumen.

•

Was mich am Leben stört, ist, dass viele Leute sich für schöner halten, als sie sind. Ich selbst halte mich für hässlicher, als ich bin. Ergo: Man sollte eine Maschine entwickeln, mit der unsere Köpfe aneinandergeschlossen werden, so dass sich die gegensätzlichen Druckzustände in den Schädeln auspendeln. Das wäre perfekt, jedoch natürlich nur mit so einem Antennenteil, wo von unten nach oben immer ein blauer Blitz hochläuft, wie in den guten alten Verrückter-Wissenschaftler-Filmen. Man könnte mir bei der Gelegenheit gleich noch das Wort »ergo« aus dem Wortschatzzentrum rauslasern. Typen, die Sätze mit »ergo« einleiten, haben es verdient, hässlich durchs Leben zu gehen.

•

Was mich am Leben stört, ist, dass ich grundsätzlich ganz gut allein sein kann. Wenn dann auch ich endlich mal verschwände.

•

Was mich am Leben stört, ist, dass ich eine Nacht lang ein Aufnahmegerät an meinem Bett habe mitlaufen lassen, um zu prüfen, ob ich schnarche. Von Schnarchen nichts zu hören, aber ist es normal, im Schlaf ständig zu murmeln: »*Muss Menschheit vernichten … Muss Menschheit vernichten … Muss Menschheit vernichten …*«?

•

Was mich am Leben stört, ist, dass ich keine einzigartige Schneeflocke bin. Ich gehöre zum schwarzen Matsch am Fahrbahnrand.

•

Was mich am Leben stört, ist, dass ich längst nicht so gut ficke, wie ich dumm aussehe.

•

Was mich am Leben stört, ist, dass ich den Pizzabringdienst öfter anrufe als meine Mutter. Zu meiner Ehrenrettung muss ich allerdings sagen: Der Pizzabringdienst kocht auch besser.

•

Was mich am Leben stört, ist, dass eine sauteure Dunstabzugshaube in meiner Küche hängt, die ich noch kein einziges Mal benutzt habe. Ich brauche eine Dunstabzugshaube in meinem Kopf. Gegen die stinkenden Gedanken.

•

Was mich am Leben stört, ist, dass mich Verkäufer im Modegeschäft ständig anflunkern. Ich habe so fette Beine, dass mir keine Hose richtig passt – entweder, sie sitzt an den Oberschenkeln viel zu eng, oder sie ist an der Hüfte viel zu weit und rutscht. Deshalb immer dasselbe Spielchen. Nachdem ich drei Hosen anprobiert habe, sagt der Verkäufer bei der vierten halbherzig: »*Die sitzt doch jetzt ganz gut …*«, weil er innerlich aufgibt, noch eine Hose für mich zu finden, mir aber trotzdem eine verkaufen will. Das finde ich nicht okay, was daher rührt, dass ich nicht gerne angeschwindelt werde. Erst recht nicht so dilettantisch mit einem gänzlich uneuphorisch dahingeleierten »*Die sitzt doch jetzt ganz gut …*« Ganz ehrlich, liebe Hosenverkäufer: Diese Lüge sitzt noch nicht so gut.

•

Was mich am Leben stört, ist, dass ich mir jedes Mal, wenn ich in einem Hotel übernachte, vorstellen muss, wer in diesem Bett schon alles dringelegen hat und was dort schon alles Unappetitliches angestellt wurde. Für mich ist dieser Gedanke so zwingend, dass ich gar nicht kapiere, wie ihn andere anscheinend erfolgreich verdrängen und sich unbeschwert unter diese furchteinflößende Decke legen und ihr Gesicht in ein Kissen pressen, in das vor ihnen schon die Sabber von tausend anderen Menschen lief. Im Bestfall. Es klingt vielleicht langsam subtil durch: Die Welt da draußen gestaltet sich recht anstrengend für mich.

•

Was mich am Leben stört, ist, dass es so viele Fachgeschäfte für Outdoor-Ausrüstung gibt, aber kein einziges für Leute wie mich. Ich bin mehr der Indoor-Typ.

•

Was mich am Leben stört, ist, fast vor der Haustür nach einer Straße direkt um die Ecke gefragt zu werden, die ich natürlich nicht kenne, obwohl ich schon seit Jahren hier wohne. Und dann jedes Mal voller Scham zu lügen: »*Ich bin hier auch nur zu Besuch* …«, obwohl ich ein »St. Pauli«-Shirt trage und den Haustürschlüssel schon gut sichtbar in der Hand halte. Leute, ich bin froh, wenn ich zu meinem Bäcker schräg gegenüber finde. Im Bestfall sogar noch zurück. Fragt mich bitte nicht nach Straßen. Die einzige Straße, die ich kenne, ist die zur Hölle. Und solltet ihr genau die suchen: Folgt mir einfach stumm.

•

Was mich am Leben stört, ist, dass Muttertag ist und ich noch kein Geschenk bekommen habe. Heute entschuldigen sich alle Mütter, dass sie ihre Kinder geboren haben, oder verstehe ich was falsch?

•

Was mich am Leben stört, ist, dass Katzen immer auf die Füße fallen und ich immer auf die Schnauze. Aber ich will mich nicht beklagen – dafür habe ich zum Glück nur *ein* Leben zum Verbocken.

•

Was mich am Leben stört, ist der Glaube an Wiedergeburt. Falls es so etwas aber doch gibt, möchte ich unbedingt als einfältiges Arschloch zurückkehren. Das macht das Leben so viel lebenswerter.

•

Was mich am Leben stört, ist mit billiger Melone gestreckter Obstsalat. Oben eine hauchdünne Schicht aus je einem Stück Apfel, Ananas, Orange und einer halben Erdbeere – darunter nur noch endlos Melone. Bis zum Mittelpunkt der Erde: Melone, Melone, Melone. Enttäuschung hat viele Gesichter. Dieses hier ist meins. Ich liebe Obstsalat. Ich hasse Melone. Liebe Convenience-Food-Bars: Wie kommen wir zusammen? Bitte was? Selbst schnippeln? Ihr habt sie ja nicht mehr alle.

•

Was mich am Leben stört, sind Menschen, die ihre Alltagsproblemchen nicht in Relation setzen können. Liebe Leute: Denkt nur mal an die hungernden Kinder in Afrika. Und liebe hungernden Kinder in Afrika: Denkt nur mal an mich. Schämt euch allesamt, euer Leid so aufzubauschen.

•

Was mich am Leben stört, ist, dass ich einen Bekannten habe, von dessen Schwager der Schulfreund die Schwester behauptet, umständliche Geschichten über zehn Ecken würden am Leben stören. Dazu fällt mir echt nichts mehr ein.

•

Was mich am Leben stört, sind öffentliche Toiletten, deren Türen man von außen bequem mit dem Fuß aufdrücken kann, aus denen man von innen aber nicht wieder rauskommt, ohne am versifften Griff des Grauens zu ziehen. Die, wo selbst das mühsame Pulen oben in der Ecke nicht hilft, um die Tür weit genug aufzukriegen, um schnell dazwischenzurutschen und den Rest mit einem flotten Schwung aus der Hüfte zu erledigen, und wo es auch keine Papierhandtücher gibt, um eine dicke Lage als Seuchenschutz zwischen Hand und Türgriff zu pressen. Entweder waren die für diese Toiletten verantwortlichen Architekten sehr dumm, was ihren persönlichen Intellekt betrifft, oder sehr optimistisch, was die allgemeine Selbstverpflichtung zum Händewaschen angeht. Da Letzteres automatisch auf Ersteres hinausläuft, ist es eigentlich egal. Die menschlichen Tragödien an der WC-Front schweigen die staatlichen Medien oft tot, darum hier meine: Ich stand mit meiner Killerkeimphobie mal fast eine Stunde lang hilflos eingesperrt in einer öffentlichen Toilette, bis endlich einer reinkam und ich gerade noch rechtzeitig aus meiner Schockstarre erwachte, um ohne Anfassen in die Freiheit zu entwischen. Manchmal wünsche ich mir die Hilfe, die ich brauche. Ich fürchte aber, leichter gehen die Türen davon auch nicht auf.

•

Was mich am Leben stört, ist, wenn Mitmenschen denken, mein Wahnsinn werde jedes Jahr stärker. In Wahrheit wird nur meine Kraft, ihn zu verbergen, schwächer.

•

Was mich am Leben stört, ist, dass Bryan Adams nicht auch einen Song über den Summer Of '77 bis '13 geschrieben hat. Those were the worst days of my life. Oh yeah!

•

Was mich am Leben stört, sind Jugendliche, die aus den Untiefen ihres Halses Schleimbrocken hochwürgen und auf die Straße rotzen. Das macht mich traurig. Ich war mal für ein halbes Jahr in Neuseeland, und letzte Woche entdeckte ich vor dem Alsterhaus zwei grünwässrige Schleimbrocken nebeneinander, die hatten, wie der sadistische Zufall es wollte, exakt dieselbe Form von Nord- und Südinsel dieses wunderbaren Landes. Sofort packte mich die Sehnsucht, den Kiwis einen erneuten Besuch abzustatten. Kann ich mir aber nicht leisten, die Flüge dorthin sind verboten teuer. Ich stand noch lange vor dem Alsterhaus und verlor mich in der Schönheit des gedankenlos Hingerotzten. Mein Tag war versaut.

•

Was mich am Leben stört, ist der Satz »*Die Verdauung beginnt im Mund.*« Den sollten wir endlich in den Ruhestand schicken, denn der ist einfach nur ekelig.

•

Was mich am Leben stört, ist, dass auf der Weide rumstehende Schafe einem so lange nachschauen. Viel länger als Kühe, glaube ich, macht einfach selbst den Test. Die führen doch was im Schilde.

•

Was mich am Leben stört, ist der Säugling, der auf meinem zwölf Stunden langen Flug von Amsterdam nach Kuala Lumpur (Zwischenstopp auf dem Weg zu den glotzenden Schafen) elf Stunden und 59 Minuten so laut durchschrie, dass nicht nur ich mir irgendwann gewünscht habe, es möge ein Absturz uns alle von dem Leid erlösen – der aber dann, kurz vor Öffnen der Fliegertür, auf dem Arm seiner Mutter plötzlich glucksend anfing zu lachen und uns psychisch zerstörten Mitpassagieren zum Abschied fröhlich zuwinkte. Da der Kleine noch nicht sprechen konnte, kam ich nicht umhin, mir seine Worte zumindest auszumalen: *»Danke, Danke, Danke – Leute, ihr wart ein Riesenpublikum! Hat's euch gefallen, dann erzählt's weiter … Und denkt daran: Ich trete mit derselben Show in zwei Wochen beim Rückflug hier noch mal auf!«*

•

Was mich am Leben stört, ist, dass die Gedanken *»Oh cool, jetzt hab ich das mit den Wanderwegen raus!«* und *»OH SCHEISSE, ICH HAB MICH VERLAUFEN UND WERDE HIER STERBEN!!!«* bei mir eineiige Zwillinge sind: Ich merke immer erst etwas später, dass schon der andere vor mir steht.

•

Was mich am Leben stört, ist, dass ich mal eine tausend Jahre alte Eiche bewundern durfte und bis heute nicht verstehe, warum die so was macht.

•

Was mich am Leben stört, ist, dass ich viele Menschen habe, die hinter mir stehen. Leider nur, um dort gemeinsam den Kopf über mich zu schütteln.

•

Was mich am Leben stört, ist, dass ich lieber Rockstar wäre als das, was ich stattdessen bin. Ich ermahne mich deshalb oft selbst: Das geht nicht – es kann nicht *jeder* Rockstar sein auf dieser Welt. Die langweiligen Jobs müssen auch erledigt werden. Manchmal sehe ich diese Argumentation ein. Heute nicht. ARE YOU READY TO ROOOOOOCK?!

•

Was mich am Leben stört, ist, dass Eltern ihre Kinder lieben, selbst wenn es unübersehbar die dämlichsten Versager sind. Ich finde das ziemlich erbärmlich, aber so ist es zum Fortbestand der Menschheit nun mal eingerichtet. Hätte ich ein dummes Kind (und das hätte ich definitiv) – ich glaube nicht, dass ich das lieben könnte. Oder aber ich unterschätze die mir die Sinne vernebelnden Drogen, die das Hirn dann ausschüttet. Höchstwahrscheinlich können Vater und Mutter gar nichts dafür. Sie sind nichts weiter als willenlose Zombies, Marionetten der Natur. Ich hätte mehr Respekt vor meinen Eltern, wenn sie mich verstoßen hätten. *Könnte* ich sagen, mache ich aber natürlich nicht, denn erstens bin ich ein anständiger Sohn und zweitens, äh, wo war ich stehengeblieben? Richtig: Marionetten der Natur – na ja, zumindest bewegen sie sich nicht so bescheuert wie in der Augsburger Puppenkiste. Puh, gerade noch die Kurve gekriegt.

•

Was mich am Leben stört, ist die Höhe meiner Haftpflichtversicherungssumme: 100 Millionen Euro. Was zum Geier muss man anstellen für einhundert Millionen? »*Liebe huk24, dumme Sache: Ich habe bei meinem New-York-Trip versehentlich die Freiheitsstaue zerstört. Zum Unfallhergang: Ich hatte an dem Tag schon viele Sehenswürdigkeiten abgeklappert und mich zum Ausruhen blöd drangelehnt. Da ist es passiert. Schöne Scheiße. Die anderen aus meiner Reisegruppe waren sauer, weil sie extra rüber sind, um die Statue zu sehen, und sich jetzt nur noch auf dem staubigen Schutt fotografieren lassen konnten. Bitte überweist den Amis schnell ihr Geld, damit sie die alte Fregatte wieder aufbauen können. Sollten von den 100 Millionen Deckungssumme danach noch eine oder zwei übrig bleiben, gebt sie am besten einfach mir. Seien wir ehrlich: Mit diesem Rest kann man ja eh nicht mehr viel anfangen … Bei Rückfragen könnt ihr euch gerne jederzeit melden – nur bitte nicht bei mir, ich bin ab morgen in Paris, Eiffelturm anschauen. Grüße und Küsse!*«

•

Was mich am Leben stört, ist, dass die huk24 mir zu meiner Haftpflichtversicherung neuerdings auch eine Lebensversicherung andrehen will. Welches Leben, ihr Witzbolde?

•

Was mich am Leben stört, ist, dass ich nicht manisch-depressiv bin. Die Hälfte der Zeit gut drauf zu sein wäre ein hoffnungsvoller Anfang.

•

Was mich am Leben stört, ist, dass ich viel zu schnell auf E-Mails und SMSe antworte. Innerhalb maximal einer Minute gehen die bei mir raus. Es ist reines Pflichtbewusstsein, ich schwöre. Wirkt aber natürlich wie pure Verzweiflung. Ich muss mir dringend verordnen, das Gesellschaftsspielchen mitzumachen und mir beim Antworten auf Nachrichten künstlich Zeit zu lassen, um cooler und begehrenswerter rüberzukommen. Oh, wartet kurz – SMS.

•

Was mich am Leben stört, ist mein stetes Händchenhalten mit der Angst, von meinen Mitmenschen beschissen zu werden. Falls du dieses Buch illegal für deinen E-Reader runtergeladen hast, werde ich dich jagen und zur Strecke bringen wie Liam Neeson in »Taken«. Ach, wem mache ich was vor. Dafür, dass du diesen Quatsch liest, hätte ich *dich* bezahlt.

•

Was mich am Leben stört, ist der Genpool. Jedes Mal, wenn ich auf der Straße im Gesicht eines Kindes bereits die Dummheit der Eltern eingemeißelt sehe, wird mir klar: Wir brauchen dringend einen Bademeister wie David Hasselhoff in »Baywatch«. Einen, der aufpasst, wer sich alles ins Freischwimmerbecken zu mogeln versucht.

•

Was mich am Leben stört, ist schleichender Perspektivenwechsel. Jeder, der wie ich irgendwann mal mit dem Standpunkt »*Treppensteigen ist doch nicht schlimm!*« in einen fünften Stock ohne Fahrstuhl gezogen ist, wird mir zustimmen.

•

Was mich am Leben stört, ist, dass ich nicht unter Glutenunverträglichkeit und Laktoseintoleranz leide. Ich fühle mich von den anderen Kunden in meinem Bioladen heimlich verhasst wie der Anführer einer überlegenen Herrscherrasse.

•

Was mich am Leben stört, ist meine unfreiwillige Metrosexualität in Klamottenläden. Der Moment, in dem nach knapp fünfzehn Minuten Stöbern die Verkäuferin rüberkommt und mich dezent darauf hinweist: »*Die Herrenabteilung ist da drüben …*«, ist mir durchaus vertraut. Leider wird er auch nach wiederholtem Male nur unter Nachweisgrenze angenehmer. »*Danke, und wo ist das Loch zum Im-Erdboden-Versinken?*«

•

Was mich am Leben stört, ist meine grenzenlose Panik vor Pilzinfektionen an den Füßen. Wenn du mich zu dir nach Hause einlädst und bittest, die Schuhe auszuziehen, besteht eine 100-Prozent-Chance, dass ich unseren schönen gemeinsamen Abend in heimlicher Auflösung an nichts anderes denke, als dass ich jetzt deinen widerwärtigen Fußpilz, an dem du garantiert leidest, übertragen kriege. Wieder bei mir zu Hause schmeiße ich die Socken und Schuhe angeekelt weg und creme meine Füße daumendick mit Canesten Extra ein, während ich dich mit den schrecklichsten Schimpfwörtern verfluche, die mein zum Glück reichhaltiger Wortschatz hergibt. Nimm's nicht persönlich.

•

Was mich am Leben stört, ist mein neues Hobby: irgendwie den Tag überstehen.

•

Was mich am Leben stört, ist, dass meines keinen offiziellen Soundtrack hat. Allerdings nur wegen der unbezahlbaren Rechte an Enyas 9/11-Song in jahrzehntelanger Dauerschleife.

•

Was mich am Leben stört, ist, dass morgen auch noch ein Tag ist.

•

Was mich am Leben stört, ist, dass die finale Reise, die wir alle irgendwann antreten müssen, immer schwierig bleiben wird – doch wenn mein allerletzter Anblick, bevor ich die Augen für immer schließe, sämtliche Typen sind, die mir im Laufe meines Lebens in Warteschlangen ins Ohr gepfiffen haben, und ein behelmter Bauleiter in Neonweste von links nach rechts mit einer Riesenrolle Duct Tape über all ihre gespitzten Münder fährt, dann könnte ich den Umständen entsprechend recht zufrieden einschlafen.

•

Was mich am Leben stört, ist, dass sich viele traurige Dinge, die Mitmenschen einem antun, zwar gut verarbeiten lassen, indem man sie lustig aufschreibt. Noch besser allerdings ließen sie sich verarbeiten, indem man diesen Mitmenschen ernst eine scheuert.

•

Was mich am Leben stört, ist, dass mir heute die Verkäuferin bei »Nordsee« mit ihren Wurstfingern ein Fischbrötchen gereicht hat. Ich bin verwirrt.

•

Was mich am Leben stört, ist, dass ich kein Heroindealer für Jazzmusiker in den fünfziger und sechziger Jahren war. Ich hätte gutes Geld verdient und bei der Arbeit die beste Musik hören dürfen.

•

Was mich am Leben stört, ist der Name von Amazons DVD-Leihservice »Lovefilm.de«. Monat für Monat diese Abbuchung auf meinem Konto: »*Lovefilm DVD-Abo – 11,99 €*«. Die Damen und

Herren von meiner Dorfbank, bei der ich noch immer mein Girokonto habe, denken garantiert, ich perverse Sau besäße ein Porno-Abo. Tue ich auch, aber hinter dessen Namen vermutet man im Gegensatz zu »Lovefilm.de« *keinen* Schweinkram. Und stellt euch vor, Lovefilm: Im Gegensatz zu euch schicken die mir *tatsächlich* Pornos!

•

Was mich am Leben stört, ist, dass ich mir bei Amazon auch mal eine Lichttherapie-Lampe gegen Winterverstimmung in der dunklen Jahreszeit bestellt habe, die nichts geholfen hat. Weil Amazon aber dreißig Tage Rückgaberecht bietet, habe ich sie nach 29 Tagen gerade noch rechtzeitig zurückgeschickt und trotz Nutzung den vollen Kaufpreis erstattet bekommen. Das hat mich so gefreut, da war meine Winterverstimmung auf einen Schlag wie weggeblasen.

•

Was mich am Leben stört, ist meine Angst, irgendwann unendlich lang tot zu sein. Jedes Mal, wenn ich ohne Gesprächspartner auf einer Party abhänge, kriege ich gratis einen ziemlich guten Schnupperkurs.

•

Was mich am Leben stört, ist, dass ich eine Zeitlang in einer Werbeagentur dämliche Anzeigen für Siemens-Energiesparkühlschränke texten musste.

Bei der Präsentation punktete die Headline: »*Wir investieren all unsere Energie, damit Sie es NICHT tun müssen*« – was ich für ziemlichen Hohn hielt, weil es ja *ich* war, der sich gerade den Arsch für Siemens aufgerissen hatte. Das habe ich deren Marketingchef auch gesagt. Danach musste ich für diese Agentur keine Energie mehr investieren.

•

Was mich am Leben stört, sind meine perversen Sexphantasien. Ich träume von einem flotten Zweier.

•

Was mich am Leben stört, ist, dass ich in einem mir bis dahin fremden Örtchen mal den perfekten Spaziergang hatte. Ich ließ mich einfach treiben und traf rückblickend rein nach Gefühl immer die richtige Abbiege-Entscheidung. In geradezu mathematisch genauer Regelmäßigkeit kam ich stets an einem weiteren schönen Haus vorbei, hatte zwischendrin einen fordernden Waldanstieg, zur Belohnung danach einen tollen Ausblick über die idyllische Kulisse und merkte erst, als ich schließlich doch irgendwann müde und satt geworden war, dass ich in genau diesem Moment wieder dort ankam, wo ich losgegangen war. An diesem Spaziergang muss sich seitdem jeder andere Spaziergang messen lassen. Sie enttäuschen mich alle. Deinen perfekten Spaziergang triffst du nur einmal im Leben.

•

Was mich am Leben stört, ist, dass ich mir trotz meiner anständig ausgeprägten Phantasie beim besten Willen nicht den ersten Menschen vorstellen kann, der irgendwann die Idee äußerte: »*Man könnte doch mal ein Fahrrad bauen, das funktioniert wie ein normales Fahrrad, auf dem man aber doppelt so bescheuert aussieht, und das Ding nennen wir dann ›Liegefahrrad‹ …*« Ihr auch nicht? Beruhigend.

•

Was mich am Leben stört, sind die bunten Stoffsitze in meiner U-Bahn, die nur deshalb ab Werk kandinskymäßig bedruckt wurden, damit man all die inzwischen dazugekommenen Urin-, Blut-, Sperma-, Kot- und Kotzflecken nicht sieht. Mein U-Bahn-Sitz ist ein Meister der Tarnung.

•

Was mich am Leben stört, ist, dass Gérard Depardieu eine Pimmelnase hat. Aber gut, damit muss er irgendwie selbst klarkommen.

•

Was mich am Leben stört, ist, dass es keine Kondome für die Seele gibt. Ich fürchte, ich habe mich mit was Fiesem angesteckt.

•

Was mich am Leben stört, ist, dass ich dieses Buch nicht etwa schreibe, um euch zu unterhalten, sondern einzig und allein, um mir nach Veröffentlichung ausmalen zu können, irgendein

Mädchen irgendwo auf der Welt, das ich vor gefühlten hundert Jahren mal kennengelernt habe und eh nie wiedersehen werde, nachträglich zu beeindrucken. So wie das jeder andere Künstler auch macht. Mehr Grund, uns den Arsch aufzureißen für ein Buch, einen Song, einen Film oder sonst was haben wir nicht. Sorry.

•

Was mich am Leben stört, ist, dass es keine mir bekannte Tonart für das »*Tschuldigung …*« gibt, um an jemandem vorbeizukommen, ohne dass man automatisch wie ein Arsch klingt. Schade. Und jetzt geh endlich zur Seite, du Blödmann.

•

Was mich am Leben stört, ist, dass die Filmförderung Hamburg den Antrag für meine Arthouse-Doku »Die Dämlichkeit des Hupens« bis heute kriminell ignoriert. Kommt schon, Leute – alles, was ich brauche, ist die Kohle für eine Kamera, die ich einfach neunzig Minuten an der Kreuzung vor meinem Fenster aufstelle.

•

Was mich am Leben stört, ist, dass mir während einer schweren Erkältung beim Naseputzen noch heute die Worte meines alten Geologielehrers in den Ohren klingen: »*Ist der Schleim schön gelb, schlägt unser Körper eine Schlacht.*« Ich erinnere mich nicht mehr, was ausgerechnet meinen Geolehrer zu diesem Kommentar motiviert hat, und möchte es angesichts des eher unappetitlichen Sujets auch nicht. Aber der Satz geht mir nicht aus dem Kopf. Bei jedem Infekt frage ich mich: Muss so viel sinnlose Gewalt wirklich sein? Kann man den Bakterien und Viren in meinem Körper nicht einfach friedlich etwas Land überlassen, auf dem sie frei ihren Träumen folgen, das Glück suchen können, nach dem doch wir alle streben? Eine wunderbare Utopie. Aber nein: Ist der Schleim schön gelb, schlägt unser Körper eine Schlacht. So schwach, wie ich mich bei einer Erkältung fühle, geht's dabei grausamer zu als damals bei Gettysburg. Wie viele meiner tapferen Abwehrzellen ließen bereits ihr Leben, nur, weil sie für etwas gekämpft haben, an das sie naiverweise glaubten – nämlich an mich? Spätestens bei diesem Gedanken drehe ich »Wozu sind Kriege da?« auf, während ich mich verrotzt am Telefon durchstellen lasse nach Berlin wegen des überfälligen Kriegerdenkmals. Mit einem schweigenden Blick in mein gelb gefärbtes Taschentuch. Gegen das Vergessen.

•

Was mich am Leben stört, ist, dass ich keinen Burnout habe. Da fühlt man sich inzwischen fast schon wie eine faule Sau.

•

Was mich am Leben stört, ist, dass ich meine Forderung nach Mietminderung nicht durchkriege. Ich find's unzumutbar, hier mit mir selbst zusammenwohnen zu müssen.

•

Was mich am Leben stört, ist, dass Frauen wie Autos sind: Sie dienen gerne für schiefe Vergleiche.

•

Was mich am Leben stört, ist, dass man sich das Grübelzentrum im Gehirn nicht veröden lassen kann. Ich würde diese individuelle Gesundheitsleistung aus eigener Tasche zahlen.

•

Was mich am Leben stört, ist, dass keiner kapiert, dass ich der liebevollste Vater der Welt bin. Ich liebe meine Kinder so sehr, dass ich sie gar nicht erst zeuge. Irgendwo in der Seelenhalle danken meine sechs kleinen Rabauken und Prinzessinnen Leon, Lukas, Felix, Mia, Leonie und Moon-Soraya Honeyblossom ihrem guten alten Daddy. Jetzt aber husch-husch ins Bett!

•

Was mich am Leben stört, ist, dass ich neulich die alte, ranzige Lederjacke, die auf dem Gebüsch vor McDonald's mit dem Zettel *»ZU VERSCHENKEN«* ausgebreitet lag, nicht angezogen und mitgenommen habe. Das war ein großer Fehler. Ich fürchte, eine solche Einladung für ein wildes

Rockerdasein jenseits aller Konventionen sendet dir das Leben nicht zweimal.

•

Was mich am Leben stört, ist, dass ich als Kind auf der Wiese hinter unserer Grundschule ein vierblättriges Kleeblatt gefunden habe, und den Rest der Geschichte kennt ihr ja. Wie lautet die Postanschrift der Natur, um das defekte Ding zu reklamieren?

•

Was mich am Leben stört, ist, wenn du in einem dieser besinnlichen Momente zu Hause im Ohrensessel, bei gedämpftem Licht, einem guten Blue-Note-Jazzalbum aus den Boxen und einem nicht minder guten Whiskey in der Hand, feststellen musst: Dein Furz riecht inzwischen exakt wie der deines Vaters. Das gibt dir endgültig den Rest.

•

Was mich am Leben stört, ist, dass ich hundert Milliarden Probleme habe. Eines davon ist mein Hang zur Übertreibung.

•

Was mich am Leben stört, sind die Typen in der Wohnung unter mir mit ihrem »Karaoke SingStar«-Paket. Gestern Nacht folgende Setlist: *»Father To Sun« – »Skandal im Sperrbezirk« – »König von Deutschland« – »1000 Mal berührt« – »Don't Go Breaking My Heart« – »Tainted Love« – »Abenteuer-*

land« – »Every Breath You Take« – »Let Me Entertain You« – »Born To Be Wild« – »Ain't No Sunshine«. Irgendwann stehe ich auf, zerre die Jeans über meine Schlafanzughose und ab nach unten. Nach ewigem Sturmklingeln macht endlich ein Typ auf. Ich: *»Tach – kleine Bitte: Könnt ihr etwas leiser machen? Oder alternativ etwas besser singen?«* Er hält beide Angebote für inakzeptabel und knallt mir die Tür vor der Nase zu. Ich gehe ergebnislos wieder hoch ins Bett. Unten geht's weiter: *»Bohemian Rhapsody« – »99 Luftballons« – »I Love Rock'n'Roll« – »I Kissed A Girl« – »Emanuela« – »Lebt denn der alte Holzmichel noch?«* »Karaoke« ist japanisch und heißt übersetzt: Heute kriegst du keinen Schlaf.

•

Was mich am Leben stört, ist, dass gute Motorsägen so teuer sind. Ich kann mich von der Vermutung nicht verabschieden, es würde meinen Argumenten im Alltag die nötige Extraportion Gewicht verleihen, immer anwerfbereit eine bei mir zu tragen.

•

Was mich am Leben stört, ist, dass ich bei Mädchen auf der Straße immer automatisch auch ihren Freund abchecke, um anhand seines Aussehens abzuwägen, ob auch ich bei ihr eine Chance gehabt hätte. Hätte ich nicht.

•

Was mich am Leben stört, ist die mich rund um die Uhr begleitende Furcht, meine Eltern könnten mich heimlich bei »Schwiegertochter gesucht« anmelden. Noch größer ist meine Angst, dass ich mitmachen würde.

•

Was mich am Leben stört, ist, dass es zwischen Samstag und Sonntag nicht *noch* einen Wochenendtag gibt. Ändern wir sofort: Ich taufe ihn Somstag und schenke ihn euch zum einmal mehr sinnlos Besaufen und gegenseitig Anschreien im Club, ohne den anderen zu verstehen. Gern geschehen.

•

Was mich am Leben stört, ist, dass es nicht für meinen Traumberuf gelangt hat: Studiowimmerer für Morrissey. Darin wäre ich gut gewesen. Ich hätte für jedes seiner Alben mehrere Stunden leidend was eingewimmert. Morrissey hätte dann die besten Takes ausgewählt und wäre angesichts meiner Arbeit richtig glücklich gewesen. Allerdings hätte er in diesem Zustand selbstverständlich auch keine guten Texte mehr schreiben können. Vielleicht besser so.

•

Was mich am Leben stört, ist, dass ich bei der Einreise in die USA ausgerechnet mein The-Smiths-Shirt mit dem Aufdruck »*IT'S THE BOMB, THE BOMB, THE BOMB, THE BOMB, THE BOMB THAT*

WILL BRING US TOGETHER« getragen habe. Hat länger gedauert. War unangenehm.

•

Was mich am Leben stört, ist, dass ich nach diesen zwei Dingern die Trilogie jetzt wohl oder übel komplettieren muss. Na gut: Wenn ihr jemanden kennt, der Moritz heißt und auf die Smiths steht, und ihr ihn *nicht* »Morritzey« nennt – dann seid ihr ein unterirdischer Freund.

•

Was mich am Leben stört, sind Männer, die von ihrer Freundin als *»meine Traumfrau«* reden. Und die in Wahrheit meinen: *»meine Traumfrau im Rahmen meiner Möglichkeiten«*.

•

Was mich am Leben stört, ist, dass irgendwo auf der Welt ein Pärchen im Urlaub gerade ernsthaft mit dem Gedanken spielt, sich ein Tandem auszuleihen. Dieser Gedanke macht mich sehr traurig.

•

Was mich am Leben stört, ist, dass ich zwar schon früher bei jeder Gelegenheit *»Ich bin zu alt für diesen Scheiß …«* gestöhnt habe, insgeheim aber immer wusste, dass dies in Wahrheit nicht der Fall ist. Inzwischen kommt mit jedem Tag mindestens eine Situation dazu, in der dieser Trost zum Abschied leise Servus sagt. Ich *bin* zu alt für diesen Scheiß!

•

Was mich am Leben stört, ist, wenn ich im Bioladen richtig schön gesund und richtig unschön teuer eingekauft habe, mit der Papiertüte durch den Regen muss und mir der ganze gesunde, sauteure Einkauf kurz vor meiner Haustür durch den aufgeweichten Boden in eine dunkle Pfütze aus Dreck, Hundepisse und Motoröl knallt. Diese Bioläden mit ihren verdammten Papiertüten. Da kaufe ich das allergesündeste Zeug, um mir den entscheidenden Vorteil gegenüber meinen Mitmenschen zu verschaffen, diese zu überleben und irgendwann im weißen Anzug mit Zylinder auf deren Gräbern zu tanzen, und dann hole ich mir stattdessen Hepatitis, Würmer und was weiß ich durch meine ins Dreckspissölwasser gefallenen Lebensmittel. Die Plastiktüte, die mir der Bioladen leider verweigert, wird 400 Jahre alt. Die tanzt auf *meinem* Grab.

•

Was mich am Leben stört, ist, dass Menschen zwar Taxis haben, Flöhe aber Hunde. Was ihr aus dieser Information macht, überlasse ich euch.

•

Was mich am Leben stört, ist Schrödingers Katze. Gleichzeitig lebendig und tot ist *mein* Trick.

•

Was mich am Leben stört, ist, dass ich mal ganz nah vor eine Schaufensterscheibe stand, um meine

Frisur zu begutachten, und erst viel zu spät beim Umstellen meiner Augen merkte, dass ich die ganze Zeit in ein Dessousgeschäft starrte. Um nicht wie ein Perversling dazustehen, bin ich reingegangen und habe mir ein dreiteiliges Straps-Set gegönnt. Fühlt sich gut an.

•

Was mich am Leben stört, sind Frauen, die im Eisladen eine einzige Kugel bestellen – *»halb Schokolade, halb Amaretto, bitte!«* Sie sind unter uns, ich bin ihnen begegnet. Bestellen die auch im Restaurant ein schönes Stück Fleisch, halb Rind, halb Wachtel?

•

Was mich am Leben stört, ist die schreckliche Monotonie in meinem Alltag. Habe ich nicht erst *letzte* Woche mit einem Menschen gesprochen?!

•

Was mich am Leben stört, ist, dass ich, wenn ich sehr einsam bin, die Worte *»Ich liebe dich«* in den Google-Übersetzer hacke und dann auf Sprachausgabe drücke. Wenn man nur schnell und oft genug hintereinander klickt, nimmt man das der Google-Frau tatsächlich irgendwann ab. Manchmal erweitere ich ihr erzwungenes Bekenntnis zu einem *»Ich liebe dich, aber bitte zieh dir eine Hose an …«*, was der Illusion eine Extraportion Realitätsschärfe verleiht. Vor allem, weil die Computerstimme diesen Satz tatsächlich mit einer gewissen Angenervtheit rüberbringt – probiert es ruhig selbst aus. Aber nur ein einziges Mal. Die Google-Frau ist *meine* Freundin.

•

Was mich am Leben stört, ist, dass es circa 350 lebende Primatenarten gibt, und der Mensch in meinem persönlichen Sympathie-Ranking auf Platz 349 steht. Schlusslicht: der Masoala-Gabelstreifenmaki. Was für ein Mistkerl.

•

Was mich am Leben stört, ist, wenn Angela Merkel auf der VIP-Stadiontribüne angestrengt jubelnd die Kanzlerinnenärmchen hochreißt. Menschen, die Merkel echte Fußballleidenschaft abkaufen, glauben auch hier landenden Aliens mit Riesenlasern den Satz: »*Wir kommen in Frieden.*«

•

Was mich am Leben stört, ist, dass ich immer zur Weihnachtszeit ein Dutzend fertig eingepackter Prophylaxe-Präsente für alle »Muss man sich was schenken?«-Grenzfälle bereithalte. Falls mich einer von denen überrascht, stehe ich nicht beschämt da, sondern kann flugs ein Gegengeschenk aus dem Hut zaubern. Aber wer weiß, vielleicht denkt mein Gegenüber genau wie ich und zückt sein eigenes Prophylaxe-Präsent erst dann, falls überraschend *ich* austeile. Beide Weihnachtsgeschenke bleiben so am Ende ungeschenkt und werden bis nächstes Jahr, wenn das Spielchen erneut beginnt, auf dem Schrank verstauben. Das ist doch schade. Ich wünsche mir mehr Mut zum Erstschenken.

•

Was mich am Leben stört, sind Leute, die zu sagen pflegen: »*Es passiert alles aus einem Grund.*« Ich pflege darauf zu antworten: »*Das reden sich immer nur diejenigen ein, denen Scheiße passiert.*«

•

Was mich am Leben stört, ist, dass ich das halbfertige Manuskript meines Buches vor dem Urlaub sicherheitshalber einem Kollegen gemailt habe, falls ich unter unglücklichen Umständen mit dem Flugzeug abstürze. Ganz tief in mir drin hatte ich gehofft, er müsse es für mich fertigschreiben.

•

Was mich am Leben stört, ist, dass ich neulich einen Caesar Salad ohne Käse bestellt habe. Bedienung: »*Dann ist es kein Caesar Salad mehr.*« Ich: »*Lassen Sie die Semantik mal 'ne gute Frau sein, ich nehm das Ding ohne Käse.*« Bedienung: »*Das geht nicht.*« Ist doch völlig Wurst, ob mit Käse oder nicht.

•

Was mich am Leben stört, ist das unvorstellbare Leid von Menschen, die unbedingt in Fahrtrichtung sitzen müssen, weil ihnen sonst übel wird. Es übersteigt sicher nicht nur meine eigene Vorstellungskraft, mir auszumalen, was die Tag für Tag durchmachen – und das, obwohl sie wirklich alles versuchen, es uns mit tiefleidender Stimme mitzuteilen. Ich hoffe sehr, jeder Holocaust-Überlebende zögert keine Sekunde, mit Nur-Fahrtrichtungs-Opfern sofort den Platz zu tauschen.

•

Was mich am Leben stört, ist schlechtes Essen. Ich habe dafür einfach zu wenig Kalorien pro Tag zur Verfügung, ansonsten wäre es akzeptabel.

•

Was mich am Leben stört, ist, dass ich gestern vom Arzt die Diagnose erhielt: *»Sie haben einen leichten Schnupfen.«* Ich verwandele mich vom Normalo gerade total zu Walter White aus »Breaking Bad«.

•

Was mich am Leben stört, sind Termine beim Proktologen. Wenn du beim normalen Arzt ins Wartezimmer kommst, kann dich keiner auf den ersten Blick verurteilen. Beim Proktologen dagegen weiß jeder automatisch: Der hat Arschprobleme. Natürlich wirft dort keiner mit Steinen im Glashaus, weil allen klar ist, dass auch *du* von ihnen weißt, dass er oder sie ebenfalls Arschprobleme hat. Trotzdem: Meinem Ego tut das nicht gut. Ich war schon mal beim Proktologen, ich hatte in der Tat Schmerzen hintendrin, ohne zu wissen wovon. Jaja, ich weiß genau, was ihr jetzt denkt – der Perversling hat sich sicher einen ganzen Steinway-Flügel samt Pianisten reingeschoben. Nix da. Sie waren eines Morgens einfach da. Schmerzen im Po sind irgendwie surreal, der Dalí unter den Beschwerden. Mein Proktologe hat nichts gefunden. Ob ich homosexuell sei, wollte er nach fachmännischem Blick in meinen Eurotunnel wissen. Ich verneinte wahrheitsgemäß. Dann wüsste er auch nicht, woran es liegt. Ich bat meinen Proktologen, mir wenigstens irgendwas aufzuschreiben, und bekam eine betäubende Salbe. Auf deren Verpackung entdeckte ich Brailleschrift und tröstete mich humpelnd mit dem Gedanken, dass es anscheinend noch schlimmere Schicksale gab als meines: blind *und* Arschschmerzen. Da wollte ich sogleich nicht mehr jammern.

•

Was mich am Leben stört, ist, dass meine Eltern eine fünfstellige Summe in mein Germanistik- und Philosophiestudium gesteckt haben, damit ich jetzt hier irgendwelche Arschdoktor-Geschichten erzähle. Aber gut, das kommt in den besten Familien vor. Und in den schlechtesten.

•

Was mich am Leben stört, ist, dass ich mich zu 95 Prozent aus den bereits weiter oben erörterten Gründen entschlossen habe, das Ende der Familienlinie darzustellen. Für die restlichen fünf

Prozent jedoch, das muss ich ehrlich zugeben, war ausschlaggebend, dass ich späteren Generationen die Chance geben möchte, den umgetexteten PUR-Hit zu singen: »*Wo sind all die Lindianer hin? – Wann verlor das große Ziel den Sinn? …*«

•

Was mich am Leben stört, ist, dass ich mir nach diversen versuchten Vorstellungen vom Ort der Verdammnis nun sicher bin: In der Hölle ist alles haargenau wie hier – nur, dass man dort den Facebook-Chat nicht deaktivieren kann.

•

Was mich am Leben stört, ist, dass ich, als ich mal zum gemeinsamen Kochen mit Freunden eingeladen war, das Schneiden der Zwiebeln nur deshalb übernommen habe, um meinen Gefühlen über diese großartige Idee angemessen Ausdruck verleihen zu können.

•

Was mich am Leben stört, ist, wenn zwei Freunde »Gespräch« so definieren, dass der eine sich den langweiligen Schrott aus dem Leben des anderen nur deshalb anhört, damit er danach zur Belohnung den Schrott aus seinem *eigenen* Leben loswerden kann und umgekehrt. Weil das viel zu oft vorkommt, schlage ich aus Energiespargründen vor, jeder von beiden gibt für den jeweils anderen einfach eine Pressemitteilung raus und gut ist. Das ist dann längst nicht so stressig, als ständig in Lauerstellung zu verharren, wann man den anderen endlich unterbrechen und umschwenken kann auf seinen eigenen banalen Müll. Berichtet mir gerne von euren Erfahrungen mit dieser neuen Methode. Aber nur schriftlich.

•

Was mich am Leben stört, ist, dass ich zu Verabredungen immer mindestens eine halbe Stunde zu früh auftauche und deshalb so lange auf der Straße rumlungere wie ein Dealer, der auf Kundschaft wartet. Ich bin wesensbedingt sehr besorgt, meine Verabredungen durch Unpünktlichkeit nicht zu verärgern. Diese wiederum haben das Problem *nicht* und kommen meist eine halbe Stunde zu spät. Macht insgesamt eine volle Stunde, in der ich von Typen mit glasigem Blick angequatscht werde, ob ich was besorgen kann.

•

Was mich am Leben stört, sind Frauen, die sich ihre Augenbrauen abrasieren, um sie danach mit einem Stift wieder aufzumalen. Malt euch lieber ein Gehirn.

•

Was mich am Leben stört, ist, dass es immer genau so ist, wie es ausschaut, wenn jemand sagt: *»Es ist nicht so, wie es ausschaut!«*

•

Was mich am Leben stört, ist, dass ich Unterhosen besitze, die ich schon länger habe als manchen meiner Freunde. Ich muss dringend mal wieder aussortieren. Bei den Freunden.

•

Was mich am Leben stört, sind Passanten, die zu langsam gehen, um hinter ihnen zu bleiben, aber zu schnell, um an ihnen vorbeizuziehen. Ihr bereitet mir Kummer.

•

Was mich am Leben stört, sind Menschen, die behaupten, sie hätten den Blues. Steht ihr gerade mit B. B. King auf einer Bühne und jammt gemeinsam »The Thrill Is Gone«? Nein? Dann habt ihr auch nicht den Blues. Ihr habt maximal eines: die Realität.

•

Was mich am Leben stört, ist, dass hundert Gramm Cashewkerne genauso viele Kalorien haben wie drei Kilo Blumenkohl. Willst du mich verarschen, Natur?

•

Was mich am Leben stört, ist, dass man eine wunderbar glückliche Existenz führen kann, wenn man sehr dumm ist und es nicht weiß. Oder sehr schlau und dies durchaus weiß. Aber nie und nimmer, wenn man wie ich exakt *so* schlau ist, um zu wissen, wie dumm man ist.

•

Was mich am Leben stört, ist, dass ich dreizehn Schuljahre meines Lebens damit verschwendet habe, Dinge auswendig zu lernen, die ich heute jederzeit in 0,24 Sekunden googeln kann.

•

Was mich am Leben stört, ist, dass ich immer ein schlechtes Gewissen kriege, wenn ich die S. O. S.-Kinderdorf-Briefe zerreiße. Ich fühle mich dabei wie ein kaltherziges Schwein, aber was soll ich machen? Ist doch keine Art und Weise, jemanden so unter Druck zu setzen. Neulich, als schon wieder was von den S. O. S.-Kinderdörfern in meinem Briefkasten lag, schickte ich ein Foto von mir selbst zurück mit den Worten: »*Dieser Mann braucht Ihre Hilfe – werden Sie Pate mit nur 5 Euro im Monat!*« Gestern kam die erste Überweisung.

•

Was mich am Leben stört, sind Menschen, die ein AC / DC-, ein Ramones- oder ein Motörhead-Shirt tragen, ohne ein einziges AC / DC-, Ramones- oder Motörhead-Album zu besitzen. Wieso müsst ihr mich so reizen?

•

Was mich am Leben stört, ist, dass bei mir zwar keine Socken in der Waschmaschine verschwinden, dafür aber Gabeln im Geschirrspüler. Ich speise viel und häufig ohne Umwege aus Einwegverpackungen, darum schmeiße ich das vermisste Besteck wahrscheinlich einfach versehentlich mit in den Müll. Aus Erhaltungsgründen meiner Restselbstachtung klammere ich mich aber an die andere Erklärung. In meinem Geschirrspüler verschwinden Gabeln. Lasst uns bitte alle gemeinsam an diese Lüge glauben.

•

Was mich am Leben stört, ist, dass ich extra 72 Stunden am Stück wachgeblieben bin, um jetzt im Selbstversuch zu testen, ob ich unter Schlafentzug noch kränkere Dinger raushaue als eh schon – und feststellen muss: im Gegenteil. Meine Gedanken sind klarer, strukturierter und friedlicher als je zuvor. Die Welt ist gar nicht so schlecht, wie ich sie mache, und das Leben hat einen Sinn. Okay, jetzt schlägt's aber dreizehn. Ich muss sofort ins Bett.

•

Was mich am Leben stört, ist, dass man es zum Glück nicht zu hassen braucht, um ein Buch wie dieses hier zu schreiben. Aus eigener Erfahrung kann ich allerdings sagen: Das Papier füllt sich deutlich schneller.

•

Was mich am Leben stört, ist, dass mich allein die scheinbar harmlose Frage *»Und, was machst DU so?«* einem unmenschlichen Stress aussetzt, der gegen die Genfer Konventionen verstößt. Das weiß derjenige, der mich fragt, leider nicht, sonst würde er dies nicht tun. Ich krieg Herzinfarkt. Ich mache nichts, und selbst *wenn* ich irgendwas machen würde, würde ich das, so viel kann ich jedem Fragesteller versprechen, beschissen erzählen. Ich will einfach nur meine Ruhe. *Das* mache ich so.

•

Was mich am Leben stört, ist das mich beunruhigende Gemälde »American Gothic« von Grant Wood. Wenn der Latzhosen-Typ rechts seine Alte nicht direkt nach dem letzten Pinselstrich mit der Mistforke erstochen hat, fresse ich einen Besen.

•

Was mich am Leben stört, ist, dass unser Verstand der Wurmfortsatz im Kopf ist: In grauer Vorzeit hatte er wohl mal irgendeine Funktion, aber heutzutage kommen viele auch prima ohne klar.

•

Was mich am Leben stört, ist die brünette Lebensgefährtin eines Freundes, die aussieht wie die exakte Blaupause für Tausende von anderen Brünetten. Bei zu vielen Frauen, die mir auf der Straße entgegenkommen, frage ich mich: Ist die das? Oder ist die das nicht? Dann kriege ich Panik, weil ich nicht weiß, ob ich grüßen muss, weil ich sie kenne, oder vorbeigehen, weil ich sie *nicht* kenne. Meist versuche ich, Zeit zu gewinnen mit meinem patentierten Universalblick, der mir auch in letzter Sekunde noch ermöglicht, so zu grüßen, als hätte ich sie bereits von weitem erkannt. Aber ebenso, einfach stumm vorbeizugehen, wenn man fast auf gleicher Höhe merkt: Nee, ist sie doch nicht. Ich habe trotzdem schon vielfach wildfremde Frauen mit einem euphorischen *»Heeeey, Lena!«* verängstigt. Umgekehrt bin ich sicher auch schon mehrfach wortlos an der echten Lena vorbeigegangen, und die hält mich jetzt für einen Vollarsch. Vielleicht taucht sie deshalb nie auf, wenn ich mich mit ihrem Freund treffe. Dann erkenne ich sie beim nächsten Mal *noch* schlechter – ein Teufelskreis, wie er diabolisch runder nicht sein könnte. Manchmal, aber wirklich nur manchmal, wünsche ich mir, Lena würde aus Versehen gegen die Wand laufen. Nichts Schlimmes, Gott behüte! Nur so, dass sie schon wenige Minuten später drüber lachen kann und keine Schäden bleiben. Außer einer kleinen Narbe an der Stirn, an der ich sie auf der Straße erkenne.

•

Was mich am Leben stört, ist, dass Menschen heutzutage nicht mehr geteert und gefedert werden. Ich durfte ihn nie erschnuppern, bin aber überzeugt: Ich liebe den Geruch von frischem Teer an Arschlöchern.

•

Was mich am Leben stört, ist, dass ich keinen Menschen je so gern haben werde, um ihm beim

Verwenden der humororientierten Abwandlung von *»zum Beispiel«* in *»zum Bleistift«* im Séparée meiner Gedanken *nicht* heimlich genau diesen Bleier mit voller Wucht in die Halsschlagader zu rammen.

•

Was mich am Leben stört, ist, dass es die Sendung »Nepper, Schlepper, Bauernfänger« nicht mehr gibt. Seit geraumer Zeit treibt eine Trickbetrügerin namens Natur ihr Unwesen, die unbescholtene, naive Bürger hereinlegt, sich zu vermehren.

•

Was mich am Leben stört, sind unerwünschte Verkupplungsversuche. Es gibt nichts Erniedrigenderes, als durch handverlesene Partnervorschläge demonstriert zu kriegen, in welch hoffnungsloser Liga selbst deine eigenen Freunde dich wähnen. Der pummeligen, scheuen Kindergärtnerin mit der Verzweiflung hinter der zu dicken Brille geht es bei meinem Anblick nicht anders. Liebe Kuppler-Junkies: Zügelt euch – ihr wollt uns glücklich sehen, doch ihr macht uns fertig. Es hat seinen Grund, dass wir Dauersingles sind. Lasst uns unsere Restwürde. Sie ist die Einzige, die mit uns kuschelt.

•

Was mich am Leben stört, ist, dass ich zu meinen Studentenzeiten in einem Wohnheim (Lodyweg 1, 30167 Hannover) hausen musste, in dem ich regelmäßig zu Vollversammlungen in der arschkalten Gemeinschaftsküche gezwungen wurde, wo man vierzig Minuten lang Vor- und Nachteile abwägte, darüber diskutierte und schließlich hochoffiziell wie bei der US-Präsidentenwahl abstimmte, ob wir zehn Bewohner gemeinsam ein IKEA-Gewürzregal für 4,99 DM anschaffen sollten oder nicht. Richtig gelesen: D-Mark. Knapp fünfzig Cent für jeden. Vierzig Minuten Entscheidungsfindung. Ich war der Philosoph und hielt fassungslos meine Schnauze. Die anderen studierten Gartenbau und faselten sich sinnlos die Münder fusselig. Kurz: Ich lebte in meinem Wohnheim in einer Welt, in der Katzen Hunde jagen, in der die Sonne sich um die Erde dreht, in der Newtons Apfel vom Baum nach oben fällt. Wenn ich irgendwann entnervt aufstand und mit dem bedingungslosen Versprechen *»Ich trage jeden Mehrheitsbeschluss mit!«* zurück in mein Zimmer ging, wähnte ich meine Ruhe kurz zurückerobert. Fünf Minuten später standen die anderen neun Gartenbau-Gestalten besorgt auf meinen sieben Quadratmetern (inkl. Waschbecken), weil sie meine ihnen unverständliche Reaktion auf eine tiefere tagesaktuelle Traurigkeit über irgendwas fußen sahen und mich aufzumuntern versuchten. Wir wollten schließlich, so hatten sie für mich mitgeplant, nachher noch alle gemeinsam auf den Weihnachtsmarkt, schön

Glühwein trinken. Meine Grundstimmung hatte während dieser Jahre fast dieselbe Farbe wie die giftgrünen Vorhänge an meinem zu kleinen Zellenfenster. Die Studentenwohnheimzeit war mein persönliches Alcatraz.

•

Was mich am Leben stört, ist, dass Liebe blind macht und ich immer noch einhundert Prozent Sehkraft besitze.

•

Was mich am Leben stört, ist, dass ich im Winter immer irgendwo einen einsamen Handschuh auf einer Hecke oder einem Zaunpfahl erfrieren sehe. Wie kommt der da hin, und wo ist sein Partner? Handschuhaussetzer der kaltherzigen Gestalt, ihr seid Barbaren.

•

Was mich am Leben stört, ist, dass es zwar noch nicht vorgekommen ist, dass ich mich auf dem Fensterplatz im Bus nicht traute zu sagen: »*Ich muss hier raus …*« und stattdessen stumm weiter mit durchfuhr bis zur Haltestelle meines Nebenmanns. Ich habe aber berechtigten Grund zur Befürchtung, dass ich dieses neue Stadium bald erreiche.

•

Was mich am Leben stört, ist, dass ich im Kino den Film »My Blueberry Nights« mit Jude Law und Norah Jones gesehen habe. Darin gibt es eine Szene, in der Jeremy (Jude) alle Restaurants der Gegend abtelefoniert, nur um Elizabeth (Norah) wiederzufinden. Das Mädchen in der Reihe hinter mir verzückt zu ihren Freundinnen: »*Oooooooooh! Das soll auch mal einer für MICH tun!*« Ich drehte mich um: »*Kein Problem, mach ich!*« Da war das Mädchen für den Rest des Filmes mucksmäuschenstill. Sei vorsichtig mit deinen Wünschen. Sie könnten in Erfüllung gehen.

•

Was mich am Leben stört, ist, dass ich regelmäßig vor Schreck fast in Ohnmacht falle, wenn ich in der »Öko-Test« lese, dass irgendwas, was ich esse, trinke, trage oder benutze, krebserregend ist. Mir aber nichts egaler sein könnte, wenn dasselbe chemische Giftzeug mein Erbgut schädigt – damit habe ich eh nichts mehr vor.

•

Was mich am Leben stört, ist, wenn Menschen ihr Nervenzusammenbruch peinlich ist. Schämen sollen sich diejenigen, die in dieser Welt *keinen* Nervenzusammenbruch kriegen.

•

Was mich am Leben stört, ist, dass ich mal eine Beileidskarte ausgefüllt habe, während ich ein halbes Hähnchen gegessen habe. Mir ist Fett auf die Karte getropft, darum musste ich noch mal los, um eine neue zu kaufen. Wieder zu Hause konnte ich meine Finger nicht von den Hähnchenresten lassen, so dass mir genau dasselbe erneut passiert ist. Da bin ich ein weiteres Mal los wegen der Karte. Der Mann vom Schreibwarenladen war angesichts meiner drei Trauerfälle innerhalb einer Stunde sichtlich schockiert.

•

Was mich am Leben stört, ist das Rumgeglocke der Kirche. Liebe Kirche: Ist das wirklich nötig? Jeder andere bekäme wegen Ruhestörung die Hölle heiß gemacht. Nicht so ihr. Ich schlafe am Wochenende gerne aus (auch wochentags), deshalb taumele ich jeden Sonntagmorgen gegen halb zehn schlaftrunken zum Fenster und brülle zu euch rüber: *»Alter, wir haben's kapiert – es ist KIRCHE! Wer's jetzt IMMER noch nicht gehört hat, ist TAUB und wird NICHT kommen!«* Dann kriege ich von meinen Nachbarn Anschiss. Ihr dagegen kommt ungeschoren davon. Fair ist das nicht. Wie so ziemlich alles, wo euer Chef seine Finger mit im Spiel hat.

•

Was mich am Leben stört, sind eitle Menschen, die sich selbst googeln. Das hat keinen Stil. Und viel zu wenig Treffer.

•

Was mich am Leben stört, ist, dass ich den Heimlich-Griff nicht beherrsche. Ich würde gerne mal jemandem im Restaurant, dem ein Stück Fleisch in der Luftröhre steckengeblieben ist, das Leben retten. Der Typ ist mir egal – ich spekuliere darauf, dass mein Essen aufs Haus geht.

•

Was mich am Leben stört, ist, dass ich kein Gott bin. Keine Angst, ich wäre ein liebender Gott. Aber ich würde es auch mal ordentlich regnen lassen.

•

Was mich am Leben stört, ist, dass vielleicht ausgerechnet ein altes, angesengtes Exemplar dieses Buches nach der Machtergreifung der Maschinen im Jahr 3500 das einzige Überbleibsel unserer menschlichen Zivilisation bleibt. Das wäre dann verdammt dumm gelaufen.

•

Was mich am Leben stört, ist der zu hohe Apfelsaft-Anteil in fertig gemixter Apfelsaftschorle. Coca-Cola & Co., höret die Signale: Die Zeit ist reif für fertig gemixte Apfelsaftschorle-Schorle.

•

Was mich am Leben stört, sind meine Abtei-Nachtruhekapseln gegen nervositätsbedingte Einschlafstörungen. Bis halb zwei lag ich hellwach grübelnd im Bett: »*Hab ich die vorhin WIRKLICH genommen?*«

•

Was mich am Leben stört, ist, dass man immer ganz leicht die inserierte Wohnung aus der Zeitung findet. Man kommt in die richtige Straße, entdeckt sofort diesen Hammer-Altbau, neu restaurierte Fassade, ein kleiner, gepflegter Garten, hübsche, sonnenbadende Mädels auf allen Balkonen – und die hässliche, abrissreife Baracke genau daneben ist es dann.

•

Was mich am Leben stört, ist, dass ausgerechnet bei *dem* Zug, den ich immer zum Besuchen meiner Eltern nehme, auf dem Gleis gegenüber gleichzeitig der Zug nach Westerland / Sylt abfährt. Es liefe sogar fast auf dieselbe Reisedauer hinaus. Eltern oder Sylt. Ich wende den Blick zwischen beiden Intercitys hin und her. Das letzte Mal, als ein Mensch auf eine solch harte Probe gestellt wurde, hieß die arme Sau Abraham.

•

Was mich am Leben stört, ist die Frage *»Hat's Ihnen geschmeckt?«* im Bordrestaurant der Deutschen Bahn. Das Bordrestaurant ist kein echtes Restaurant und das dort aufgetischte Essen keines, das diese Frage rechtfertigen würde. Das ist angesichts der limitierenden Zubereitungsbedingungen auch völlig verständlich und in Ordnung, ich weiß schließlich vorher, worauf ich mich einlasse. Es hätte deshalb, liebes Bordrestaurant-Team, überhaupt nichts Verwerfliches oder gar Selbstherabwürdigendes, statt *»Hat's Ihnen geschmeckt?«* einfach genauso höflich, doch viel angemessener zu fragen: *»Hat's Sie satt gemacht?«* Danke, sehr.

•

Was mich am Leben stört, ist, wenn ich im Flugzeug oder der Bahn den Gangplatz habe und die Leute es einfach nicht schaffen, vernünftig geradeaus zu gehen. Wie viele fette Tortenärsche sollen mir *noch* übers Gesicht schleifen?

•

Was mich am Leben stört, ist, dass ich bei frischgebackenen Hollywood-Stars oft nachrechne, wie alt die sind und was sie schon erreicht haben. Lasst das bloß sein, es ist zu deprimierend.

•

Was mich am Leben stört, ist, dass ich mir neulich, als ein Bekannter und ich an einem »Friedhof«-Pfeil vorbekamen, nicht verkneifen konnte draufzudeuten: *»Ich muss dann hier links runter …«* Er hat gelacht. Immer, wenn ich ernst bin, wähnen die Leute mich am lustigsten. Motiviert mich nicht auch noch.

•

Was mich am Leben stört, ist die leere Drohung: *»Du bist tot!«* Ich weiß.

•

Was mich am Leben stört, ist, dass ich schon mal Seelöwen gestreichelt habe. Schöner wäre es andersrum gewesen.

•

Was mich am Leben stört, sind Fußnoten.[1]

•

Was mich am Leben stört, ist, dass ich keinen Freund habe, der Lars heißt. Wenn wir gemeinsam abhingen, bestände jedes Mal beim Rufen meines Namens eine fünfzigprozentige Chance, dass man nicht mich meint.

•

Was mich am Leben stört, ist die Coca-Cola mit dem Goldetikett: light *und* koffeinfrei. Ich bin ein toleranter Bursche, doch selbst bei mir sollte man sein Blatt im Spiel um die eigene Daseinsberechtigung nicht überreizen.

•

Was mich am Leben stört, ist, dass ich stets eine komplett fertig gepackte Reisetasche unter meinem Bett versteckt halte. Ich sage es nicht gerne, aber es ist so: Wer diese Welt durchschaut hat, der muss jederzeit in der Lage sein, innerhalb weniger Minuten sein Glück ganz woanders zu suchen.

•

Was mich am Leben stört, ist, dass ich mich nirgendwo zu Hause fühle. Nicht mal zu Hause. Ich habe mal ein deutsches Mädchen in Manapouri,

[1] Vermutlich habe ich früher, als ich schon am Boden lag, zu viele abgekriegt.

Neuseeland kennengelernt, das dort seit zehn Jahren lebte. Schon damals bei ihrem ersten Besuch, so erzählte sie mir, hätte sie nach wenigen Tagen gespürt: Hier gehöre ich hin. Da wäre ich, auch wenn ich Profi es mir nicht habe anmerken lassen, fast geplatzt vor Neid. Das Gefühl will ich ebenfalls – braucht auch nicht unbedingt Manapouri im exotischen Neuseeland zu sein, meinetwegen reicht Haselünne im rustikalen Emsland. (Ist es aber auch nicht, habe ich schon abgecheckt.) Hauptsache, endlich einmal genau dieses Gefühl: Hier gehöre ich hin. Die Suche geht weiter. Wenn die Welt zwischen Haselünne und Manapouri nur nicht so verdammt groß wäre.

•

Was mich am Leben stört, ist die Proleten-Signatur *»Von meinem iPad gesendet«*. Von meinem Resthirn gesendet.

•

Was mich am Leben stört, ist, dass ich manchmal, wenn mir sehr langweilig ist, eine Smirnoff-Flasche mit Sprite fülle und eine Jack-Daniels-Flasche mit Mezzo-Mix und dann beide gleichzeitig am Mund grölend die Mönckebergstraße entlangtorkele, nur um mal zu gucken, wie die Leute reagieren. Mein Name ist Lars, und ich habe ein Problem.

•

Was mich am Leben stört, ist, dass ich prominent sein will, um so tun zu können, als würde mir prominent sein überhaupt nichts bedeuten.

•

Was mich am Leben stört, ist, dass ich in Gesellschaft anderer immer der Erfahrenste in Sachen Liebe sein will. Ein Besuch der Krabbelgruppe tat meinem Selbstvertrauen daher bislang wiederholt gut. Neulich aber war ein frühreifer Dreijähriger dabei, der hat schon mal seine Spielpartnerin auf die Wange geküsst. Da musste ich mich dieser Drecksau geschlagen geben.

•

Was mich am Leben stört, ist, dass ich solch unerreichbar hohe Ansprüche an meine Traumfrau habe. Meine Traumfrau hat Brüste.

•

Was mich am Leben stört, ist, dass ein gutes Leben die beste Rache ist. Ich wäre gegenüber meinen Feinden gerne etwas nachtragender.

•

Was mich am Leben stört, ist, dass meine Eltern mich nicht ans Klavier geprügelt haben. Ich hätte ihnen die versaute Kindheit für eine Karriere als international gefeierter Konzertpianist rückblickend gerne verziehen. Ehrlich gesagt habe ich Probleme damit, ihnen zu verzeihen, dass sie es *nicht* getan haben. Nun ist es zu spät. Ich wäre gerne der Sohn einer überehrgeizigen China-Mama, deren Mund sofort Schaumparty feiert, wenn es um die Kindererziehung geht. Die hätte mich mit glühend heißen Klaviertasten fit gemacht für den internationalen Kulturbetrieb. Alternativ wäre ich gerne der Sohn von Joseph Jackson, dann wäre ich heute Michael Jackson. Dann hätte ich auch noch satte vierzehn Jahre zu leben. Ist doch ganz okay. Anstatt mit achtzig schon mit fünfzig abzutreten, dafür aber halt nicht als Nichts, sondern als King Of Pop – ich finde, das ist ein fairer Deal. Man stelle sich mal vor, Joseph Jackson kommt im nächsten Leben als chinesische Schaum-vor-dem-Mund-Mutter zur Welt. Nicht auszudenken, was *die* für einen Megastar hochdrillt. Immerhin: Mein Vater hat mir liebevoll beigebracht, wie man ein Laubsäge-Vogelhäuschen baut. Sollte es dafür irgendwann einen MTV Award geben, sagt bitte Bescheid.

•

Was mich am Leben stört, ist, dass ausgerechnet *ich* das Spermium gewesen sein soll, das damals all die Millionen anderen beim Wettlauf zur Eizelle abgehängt hat. Wie ist das möglich? Ich komme morgens nicht mal aus dem Bett.

•

Was mich am Leben stört, ist, dass ich auf die harte Tour lernen musste, was *wahrer* Schmerz bedeutet.

Ihr ahnungslosen Seelen werdet nie begreifen, was ich damit meine, ehe ihr nicht einmal zum Essen eingeladen seid und die frittierten Hähnchenteile, deren leckeres weißes Fleisch durch den knusprig braunen Mantel schimmert, sich beim ersten Bissen lediglich als frittierter Blumenkohl herausstellen.

•

Was mich am Leben stört, ist, dass wir unsere eigene Nase zwar ständig sehen, das Gehirn diese Info aber einfach ausblendet. Nach demselben Prinzip verfährt es auch bei meinen Problemen.

•

Was mich am Leben stört, ist, wenn ich so lange in der Hotline-Warteschleife hänge, dass ich, wenn sich nach 48 Minuten plötzlich *doch* noch jemand meldet, vor Verblüffung gar nicht mehr weiß, was ich fragen wollte. Das finde ich sehr unhöflich von mir, schließlich ist mein Anruf denen ja wichtig, wie mir 48 Minuten lang zwischen der Dudelmusik immer wieder versichert wurde. Ich will mich bessern, Deutsche Telekom. Versprochen.

•

Was mich am Leben stört, ist, dass einer meiner wenigen wirklich guten Freunde Zoologe ist, aber selbst der mich im Tierreich nicht einzuordnen weiß.

•

Was mich am Leben stört, ist, dass ich durchaus einsehe, dass es vielleicht nicht das Romantischste ist, sein Date beim gemeinsamen Betrachten des Sternenhimmels darauf hinzuweisen: »*Viele von den Dingern da oben sind eh längst tot. Wie wir bald auch.*« Aber zumindest ist es inhaltlich korrekt.

•

Was mich am Leben stört, ist meine Sorge, zu früh von Erden abtreten zu müssen. Es gibt noch so viel, wofür es sich nicht zu leben lohnt.

•

Was mich am Leben stört, ist, dass noch keine schwangere Promifrau die Idee hatte, unserer trostlosen Normalo-Existenz endlich einen Sinn zu geben, indem sie uns mit hochkünstlerischen Schwarzweißfotos ihrer Babyplauze beglückt. Halt: Diese Idee hatte schon *jede* schwangere Promifrau. Verzeihung, mein Fehler.

•

Was mich am Leben stört, ist, dass ich in letzter Zeit das harte Training an meinem »*Oooooh, ich versteh's total!*«-Blick für Luis-Buñuel-Filme vernachlässigt habe. Aber ich komme irgendwie nicht mehr aus meinem Wohnzimmer raus.

•

Was mich am Leben stört, ist, dass deutsche Polizeisirenen im Vergleich zu amerikanischen so uncool klingen. Da müssen wir akustisch dringend nachbessern. Deutsche Sirene klingen immer wehleidig jammernd: *»Ach Menno, nun müssen wir schon WIEDER raus …«* Der US-Polizeiwagen-Sound dagegen – der Soundtrack zum Versprechen: *»Jetzt reißen wir euch den Arsch auf, Gangster!«* Gut, dafür haben wir das bessere Gesundheitssystem. Ein Narr, wer nicht sofort tauschen würde.

•

Was mich am Leben stört, ist der von mir gefürchtetste aller Zettel im Treppenhaus: *»Liebe Nachbarn! Heute Abend feiere ich meinen Geburtstag – ich bitte um Verständnis, wenn es etwas lauter wird.«* Wie gerne würde ich meinen eigenen Zettel daneben hängen: *»Liebes Geburtstagskind! Heute Abend scheiße ich dich zusammen – ich bitte um Verständnis, wenn es etwas lauter wird.«* Ich traue mich nicht, würde mich aber freuen, mutigeren Menschen hiermit eine Anregung gegeben zu haben.

•

Was mich am Leben stört, ist, dass meine rechte Hand nicht komplett aus Mittelfingern besteht. Nur für alle Fälle.

•

Was mich am Leben stört, ist, dass es noch immer keine Kinder zur Miete gibt. Ich wünsche mir »Rent-A-Gör« als Absicherung für folgende existenzbedrohende Situationen: 1. Ich werde entführt und kann gefesselt auf einem Stuhl im

Kellerloch wimmern: *»Lassen Sie mich doch laufen, ich habe FA-MI-LIE, Sie Monster!«* Und 2. Jemand erhascht einen Blick zur falschen Zeit auf meinen iPod, und ich kann sagen: *»Den Katy-Perry-Song hat meine Tochter da draufgezogen.«* Das war's. Ach nee, vergessen: 3. Ich darf als Allerersten mit meinem Leihkind in den Flieger marschieren, während die anderen Fluggäste, die ihren Fortpflanzungstrieb verantwortungsbewusst im Zaum gehalten haben, zur Strafe warten müssen. Wo kann ich vorbestellen?

•

Was mich am Leben stört, ist, dass ich aus einem kleinen Dorf stamme, in dem die Menschen, wenn man an deren Häusern vorbeigeht, tatsächlich noch schlecht hinter der Gardine versteckt herausspähen, und genau dies im großen Hamburg irgendwie vermisse. Es hat so was rustikal Bodenständiges, wenn der schattengetränkte Vorhang zart zur Seite geht und ich ein mit der Nasenspitze fast an die Scheibe gepresstes Gesicht erkenne, geschminkt mit zu viel Neugier und einigen satten Tupfern Angstrouge vor dem Unbekannten. Solche Dörfer werden heutzutage ja gar nicht mehr hergestellt. Ich latsche gerne auf Besuch durch meine gute alte Heimat, da wird mir richtig warm ums Herz. Späht weiter, Gardinenschattenwerfer. Ihr seid mein schlecht versteckter Fels in der Brandung.

•

Was mich am Leben stört, ist, dass ich auf unserem Klassentreffen feststellen musste: Alle meine ehemaligen Mitschüler sind in den letzten zwanzig Jahren älter geworden. Was für Loser.

•

Was mich am Leben stört, sind Schwachmaten, die beim Zahlen mit EC-Karte an der Supermarktkasse übertrieben ängstlich aufpassen, dass auch ja niemand sieht, was sie eintippen, und vorwurfsvoll schauen, ich solle mich gefälligst *ganz* umdrehen. Was glaubt ihr eigentlich, was ich vorhabe – mir eure PIN samt eurem Gesicht einzuprägen und dann in circa drei Jahren, wenn ihr endlich nicht mehr damit rechnet und wir uns zufällig auf der Straße wieder begegnen, euch die Geldbörse zu entreißen, um dann wie ein Irrer zum nächsten Automaten zu rennen, noch bevor ihr die Karte mit einem schnellen Anruf bei der Bank sperren könnt? Ja, genau das hatte ich zugegeben vor. Verdammt, schon wieder aufgeflogen.

•

Was mich am Leben stört, ist mein Gesichtsausdruck, wenn ich ein Kompliment kriege. Ich habe ihn selbst nie gesehen, aber ich weiß, ich hasse ihn.

•

Was mich am Leben stört, ist, dass es zwei Sorten Menschen gibt, denen ich identisch konsequent in wirklich *allem* Recht gebe, was sie behaupten:

unfehlbaren Genies und schönen Frauen. Bei einer von beiden Gruppen ist das nicht angebracht, glaube ich. Aber ich komme einfach nicht dahinter, bei welcher.

•

Was mich am Leben stört, ist, dass mein bereits an früherer Stelle ins Spiel gebrachter Radiowecker heute seinen Geist aufgegeben hat. Jetzt verharren die Zeiger bewegungslos auf zehn nach fünf, wie in diesen Gruselgeschichten, wo die Uhr genau in *dem* Moment stehenbleibt, in dem jemand stirbt. Dann fiel mir wieder ein, dass mich heute Nachmittag zwischen fünf und sechs ein Kollege zu seinem Junggesellen-Abschied eingeladen hat. Da war plötzlich alles klar.

•

Was mich am Leben stört, ist, dass mir noch immer die Antworten auf die drei elementarsten Fragen meines Seins unbeantwortet bleiben: 1. Woher komme ich? 2. Wohin gehe ich? Und 3. Wo kriege ich auf der Wegstrecke überall Ben & Jerry's Cookie Dough? Sachdienliche Hinweise nimmt der Autor entgegen.

•

Was mich am Leben stört, ist, dass mir an Samstagvormittagen beim Einkauf immer dieser große Moment *wahrer* Liebe begegnet, der mir selbst nie vergönnt sein wird: Wenn das Pärchen vor mir gemeinsam abwechselnd ihr Leergut in den Automaten steckt. Eine Flasche er, eine Flasche sie, eine Flasche er, eine Flasche sie – im perfekt eingespielten Rhythmus der Zärtlichkeit. Am Ende der Choreographie drücken sie gemeinsam auf den Bon-Knopf. Es schmerzt, dass ich arme Sau danach meine »Ja!«-Mineralwasserflaschen einsam und allein loswerden muss, hektisch in meiner Plastiktüte wühlend, während der Automat längst wieder aufnahmebereit ist. Hinter mir wartet ungeduldig das nächste Pärchen, das sich liebevoll die Henkel seiner Leerguttasche teilt – es wendet sich abgestoßen von mir ab. Ich kann das gut verstehen. Typen wie ich sollten sich einfach einen Soda-Maker für zu Hause bestellen und nicht den Rest der Welt mit ihrem erbärmlichen Anblick am Flaschenautomaten belästigen.

•

Was mich am Leben stört, ist, wie es manchmal so spielt: Als Kind wollte ich unbedingt Geisterjäger werden. Als Erwachsener habe ich die Seiten gewechselt.

•

Was mich am Leben stört, sind falsche Versprechen von Cocktailbars. Neulich bin ich in eine rein mit dem Schild »*HAPPY HOUR*«. Nix passiert.

•

Was mich am Leben stört, ist, dass ich der Natur für ihr unverantwortliches Treiben mit uns allen zwar grundsätzlich distanziert gegenüberstehe, aber für *einen* großen Zaubertrick ziehe ich dann doch heimlich den Hut – wie sie es schafft, zwei profane Klumpen Frauenfett zur schönsten Sache der Welt zu verwandeln, indem sie einfach vorne kleine Nippel draufklebt. Chapeau, Natur. Chapeau.

•

Was mich am Leben stört, ist, dass es schöne Menschen gibt, die glauben, sie hätten es deshalb auch nicht leichter als andere. Diese Menschen sind Trottel.

•

Was mich am Leben stört, ist, dass mein Religionslehrer uns damals ausgetrickst hat, hinter der Schule unser altes Kriegsspielzeug unter der Holztafel *»HIER RUHT DER KRIEG«* zu vergraben. Es waren die Achtziger und wir alle dementsprechend verwirrt. Meine Skeletor-Figur liegt dort unter der Erde, und – Pardon, Herr Danzeglocke – ich habe es mir anders überlegt: Ich will sie zurück. Beim letzten Elternbesuch bin ich mit der Schaufel hin. Die blöde Tafel ist längst weg, ich finde die Stelle nicht wieder und habe rumgebuddelt wie ein Pirat, der seine Schatzkarte mit dem »X« verloren hat. Zum vollen Verständnis des Dramas: Es war der Skeletor in der Sonderedition, der im Dunkeln leuchtet. Den hätte selbst He-Man persönlich nicht verscharrt. Ich werde dort, wo ich der Erinnerung nach den Krieg zu ruhen wähne, so lange weiterschaufeln, bis ich meinen Skeletor wiederfinde. Vielleicht lege ich mich dann einfach neben ihn.

•

Was mich am Leben stört, ist, dass ich ständig glaube, ich hätte einen Hirntumor, und mein Arzt glaubt das nicht. Ich fürchte, irgendwann produziert mein Körper diesen Tumor nur deshalb, um mir den Gefallen zu tun, dass ich am Ende recht behalten habe.

•

Was mich am Leben stört, ist, dass mir noch nie geglückt ist, meinen müde kippenden und wieder hochschreckenden Kopf, während mir jemand eine Geschichte erzählt, als zustimmendes Nicken zu verkaufen. Die Augen verraten einen.

•

Was mich am Leben stört, ist, dass ich zwar nicht mehr an den Weihnachtsmann und Osterhasen glaube, aber noch immer an den einen Menschen, der mich versteht. Einen echten Reifeprozess erkenne ich an mir nicht.

•

Was mich am Leben stört, ist, dass ich ein solcher Proleten-Klassikfan bin. Ich will von den Sinfonien immer nur den *bekannten* Teil hören, die restlichen vierzig Minuten drum herum können sich die Orchester irgendwo hinstecken. Es erschüttert mich selbst, dass ich so gestrickt bin, und würde mich gerne ändern, aber der Zug ist abgefahren. Ich wurde im Elternhaus musikalisch sozialisiert mit »Rondo Veneziano«, was ein ziemlich genaues Bild davon zeichnen sollte, warum ich so bin, wie ich bin. Sinfonie-Orchester dieser Welt, verurteilt mich nicht. Spielt lieber noch mal das »*Ta-ta-ta-taaaaaa!*«

•

Was mich am Leben stört, ist, dass ich mir in schönster Regelmäßigkeit völlig überflüssige Küchengeräte kaufe. Keine Ahnung, was mich dazu treibt – auf einmal überkommt es mich wie aus dem Nichts, fast wie in diesem alten Charles-Bronson-Thriller, wo die Schläfer-Spione am Telefon aktiviert werden. Alles fing an mit dem Brotbackautomaten. Sich sein eigenes Brot backen, da schwang für mich eine romantische Autark-Aura mit. In der Praxis dagegen ist so ein vollautomatischer Brotback-automat ziemlich lahm. Zutaten rein, Klappe dicht, Gerät anstarren, aufs Piepen warten. Fertig. Das Ding kam in den Küchenschrank. Etwas später folgte die Saftmaschine für frisch gepressten Saft aus glücklichem, freilaufendem Obst. Schon nach der ersten Benutzung wurde mir klar, dass ich keine Saftmaschine gekauft hatte, sondern eine Klitzeklein-bisschen-Saft-und-ganz-viel-Saubermach-Maschine. Das Teil kam neben den Brotbackautomaten in den Küchenschrank. Danach die Crêpe-Platte – keinen einzigen richtigen Crêpe habe ich hingekriegt, die Dinger sahen bei mir am Ende immer aus wie Rührei. Die Crêpe-Platte kam neben die Saftpresse neben den Brotbackautomaten in den Küchenschrank. Usw. etc. pp. Kleinere Ausrutscher wie die elektrische Pfeffermühle oder den Ananasschneider will ich hier gar nicht erst ausbreiten. Popcornmaker, Mini-Fritteuse, Waffeleisen, Reiskocher, Sandwichtoaster, Eismaschine, Dörrautomat – mein Küchenschrank ist jetzt voll. Seid stärker als ich. Lasst die Finger von diesem Küchengerät-Teufelszeug.

•

Was mich am Leben stört, ist die Redewendung »*Wer zu spät kommt, den bestraft das Leben*«. Mein Linie-4-Busfahrer sieht nicht annähernd so unglücklich aus, wie es diese Theorie nahelegt.

•

Was mich am Leben stört, ist, dass ich heute Geburtstag habe. Ich wurde daran erinnert durch die alljährliche »Maredo«-Glückwunschmail mit Dessertgutschein zum Selbstausdrucken.

•

Was mich am Leben stört, ist, dass ich erst jetzt die perfekte Wohlfühl-Diät für mich entdeckt habe: Ich esse nicht weniger, um selbst schlanker zu werden –

ich mische den anderen heimlich Zucker unters Essen, damit mein Umfeld fetter wird.

•

Was ihn am Leben stört, sind Menschen, die von sich selbst in der dritten Person sprechen.

•

Was mich am Leben stört, ist, dass wir insgeheim doch *alle* wissen, was noch besser wäre als fliegende Autos. Ganz genau: fliegende Sofas.

•

Was mich am Leben stört, ist, dass ich zugegeben in vielen Lebenssituationen Psalm 23 vor mich hin murmele – doch nie verzweifelter als in *dem* Moment, wenn ich die Nachttischlampe ausknipse und sämtliche tagsüber verdrängte Konsequenzen meiner Fehlentscheidung mit der Dunkelheit angreifen, während ich paralysiert im extra für mich hergerichteten Gästebett liege. Mit 35 übernachtet man nicht mehr bei Freunden, sondern nimmt sich verdammt nochmal ein Hotelzimmer.

•

Was mich am Leben stört, ist, dass mein Wohlbefinden funktioniert wie WLAN: Überall außerhalb meiner Wohnung fehlt mir das Passwort zum Einloggen.

•

Was mich am Leben stört, ist, dass es mir immer noch nicht vergönnt war, die Frage stellen zu können: »*Und – wie war ich?*« Aber wenn es irgendwann so weit ist, bin ich gespannt, was das Jüngste Gericht antwortet.

•

Was mich am Leben stört, ist, dass ich meinen Träumen folge. Diese Schweine haben mich in eine ziemlich miese Gegend gelockt.

•

Was mich am Leben stört, ist, wenn ich irgendwo rumstehe wie bestellt und nicht abgeholt. Ich möchte auf gar keinen Fall dorthin retour gehen, wo ich herkomme.

•

Was mich am Leben stört, ist jeder Advents-Samstagvormittag in Einkaufsstraßen. Wer da nicht endgültig an der Menschheit verzweifelt, ist mental so viel stärker als ich, das finde ich nicht mehr feierlich.

•

Was mich am Leben stört, ist, dass ich keinen Personal Assistant habe. Der könnte mich sonst jeden Tag erinnern: »*Denken Sie dran, Herr Lindigkeit … Sie haben keine Termine!*«

•

Was mich am Leben stört, ist, dass ich als kleiner Junge auf dem Flohmarkt von meinem bisschen Taschengeld eine »Kimba, der weiße Löwe«-Langspielplatte gekauft habe und erst zu Hause, als ich sie schnell auflegen wollte, merkte, dass in der Hülle nichts drin war. Ich weiß, seither sind ein paar Jährchen vergangen – trotzdem verfolgen mich noch heute Flashbacks, da spüre ich die Enttäuschung in meiner Brust ganz genau wie damals, als ich meine kleine, unschuldige Kinderhand immer tiefer in den Pappschlitz gleiten ließ und doch nur ins Leere griff. Dieser hier ist einer davon. Ein Verbrechen gegen die Menschlichkeit, für lächerliche fünfzig Pfennig direkt vor unserer Dorfsparkasse. Wo alles endet, was aussprechbar ist, da beginnt der Loxstedter SPD-Flohmarkt 1982.

•

Was mich am Leben stört, ist, dass mich nur eine einzige Sache noch mehr erleichtert, als keine Verabredung zu haben: eine Verabredung zu *haben*, und der andere sagt eine Stunde vorher ab.

•

Was mich am Leben stört, ist die überstrapazierte Autorenportraitpose mit dem Kopf in der Hand. Ich würde diesen Autoren vor dem Shooting gerne heimlich Sekundenkleber in die Handfläche tröpfeln, bevor sie ihren Kopf darin versinken lassen, damit beides wenige Momente später auf immer und ewig untrennbar verbunden ist. Dann müssten diese Autoren künftig mit nur *einer* Hand weiterschreiben, wären dafür aber stets bereit für das nächste Buchumschlagfoto. Meine eigene

Markenzeichen-Pose ist übrigens der Kopf versunken in *beiden* Händen. Nachts an der Bar.

•

Was mich am Leben stört, ist der Nachbar meiner Eltern, der seine alte Mikrowelle auf einem Holzpfahl als Briefkasten umfunktioniert hat. Da gehe ich mit mir hart ins Gericht: Auf diese Idee hätte ich selbst kommen müssen.

•

Was mich am Leben stört, sind Frauen, die sich von ihrem Freund beim Umarmen eines mächtigen Baumes fotografieren lassen. Ich beobachte das oft im Park. Der arme Baum kann sich nicht wehren. Ich würde ihn gerne in einem Prozess wegen schwerer Nötigung vertreten, habe jedoch leider kein Jura studiert. Verzeih, arme, dicke Eiche, dass ich einfach wegschaue und weitergehe. Da ist nichts, was ich für dich tun könnte.

•

Was mich am Leben stört, ist, wenn ausgerechnet ein stotternder Freund vor Gericht für dich aussagt. Der reißt einen doch nur noch tiefer rein.

•

Was mich am Leben stört, ist, dass ich mich so sehr bemühe, meine sozialen Kompetenzen, mich für andere mitfreuen zu können, zu verbessern und dabei trotzdem immer an meinen – vielleicht zu hohen – Ansprüchen scheitere. Es ist offenbar nicht erwünscht, wildfremden schwangeren Frauen auf der Straße den Bauch zu streicheln. Erst recht nicht, wenn sich herausstellt, dass sie gar nicht schwanger sind, sondern einfach nur gerne essen.

•

Was mich am Leben stört, ist, dass ich als Kind noch geglaubt habe, in alten Körpern von Omas und Opas stecken halt auch alte Omas und Opas *drin*, für die es deshalb völlig okay ist, alt zu sein. Heute umwirbt mich mit jedem verstreichenden Jahr stärker die Ahnung: Da habe ich mich ganz schön geschnitten.

•

Was mich am Leben stört, ist, dass die Evolution nur vorwärts verläuft. Ich gäbe alles dafür, zurückkriechen zu dürfen ins Meer.

•

Was mich am Leben stört, ist der Spruch »*Wie klein die Welt doch ist!*«. Nur, weil wir beide uns hier im EDEKA an der Fleischtheke wiedertreffen, ohne auch nur den Hauch eines Gesprächsthemas, schrumpfen 510 Millionen Quadratkilometer nicht auf magische Weise zusammen. Die Welt ist nicht klein. Der Zufall ist nur ein riesengroßes Arschloch. Da müssen wir jetzt durch.

•

Was mich am Leben stört, sind endlos weitermutierende »*Re:Re:Fwd:WG:Re:AW:Re:Re: Treffen*«-

Mailstränge zwischen mehr als zwei Personen, wo und wann man am Wochenende zueinander finden soll. Wir sind eine schreckliche Spezies.

•

Was mich am Leben stört, sind Menschen, die sich mit mir unterhalten wollen, obwohl wir absolut nichts gemeinsam haben. Was bereits automatisch der Fall ist bei allen Menschen, die sich mit mir unterhalten wollen.

•

Was mich am Leben stört, ist, dass ich bis ans Ende der Welt reisen würde, um das *eine* Mädchen zu finden, das zu mir gehört. Aber auf gar keinen Fall noch mal mit all diesen furchtbaren barfüßigen Menschen, die sich im Flieger gemütlich ausbreiten, als seien wir gemeinsam unterwegs im größten Wohnmobil der Welt. Da bleibe ich lieber allein.

•

Was mich am Leben stört, ist, dass ich bereue, nichts zu bereuen zu haben.

•

Was mich am Leben stört, ist, dass die Wände meiner Dachgeschosswohnung so krumm und schief verlaufen, dass ich mich bei jedem anzubringenden Bild entscheiden muss: Hänge ich es so auf, dass es gerade *aussieht*, aber in Wahrheit schief ist, oder so, dass es schief erscheint, aber tatsächlich gerade ist? Diese Frage besitzt für mich eine philosophische Dimension, die eines Dialoges Platons würdig gewesen wäre. Damals gab es aber leider noch nicht meine Wohnung. Fest steht: Bevor sich mir der notwendige Schluss aus dem Dachgeschossgleichnis nicht abschließend offenbart, bleiben die Bilder im Keller.

•

Was mich am Leben stört, ist, dass meine Eltern behaupten, sie werden langsam vergesslich – aber an das *eine* einzige Mal, als ich vor fünfzehn Jahren bei ihnen meinen Studentenwohnheimschlüssel liegenließ, *daran* komischerweise erinnern sie sich bei jedem Abschied ganz genau: *»Hast du deinen Schlüssel?!«*

•

Was mich am Leben stört, ist, dass ich kein Internet-Millionär bin. Mir kam mal die Startup-Idee für eine Pornosuchmaschine, bei der du ein Bild deiner Angebeteten hochlädst, und die Seite spuckt dir per Gesichtserkennung Pornos mit ähnlich aussehenden Darstellerinnen aus. Ich hatte sogar schon einen reichen Venture-Capital-Investor am Haken, der allerdings wieder absprang, als er meinen Algorithmus mit dem Foto seiner neuen Praktikantin testete und dabei Pornos empfohlen bekam, in denen seine Mutter mitspielt. Mein potentieller Risikokapitalgeber hatte bis dato A) nie realisiert, dass er im Grunde nur nach Frauen sucht, die so sind wie Mami, und B) nicht gewusst, dass seine tatsächliche Mutter Hardcore-Pornos dreht. Beides hat ihn so schwer getroffen, dass er daraufhin sein ganzes Vermögen spendete und heute zurückgezogen lebt auf einem kleinen Bauernhof in der Lüneburger Heide. Darum wurde das nichts mit meiner Pornosuchmaschine. Seitdem verkaufe ich Krimskrams auf eBay.

•

Was mich am Leben stört, ist, dass mich nichts in größere Todesangst versetzt, als wenn irgendwo in der Öffentlichkeit plötzlich jemand mit medizinischem Mundschutz im Gesicht vor mir steht. Falls ihr euch einen Spaß machen wollt: Hängt euch einfach einen um und lauert mir auf. Ich werde mühsam versuchen, mir nichts anmerken zu lassen, doch ihr könnt genüsslich beobachten, wie ich kurz entsetzt versteinere, mich dann umdrehe und in einem dämlichen Wegrennschritt, der wie ganz normales Gehen aussehen soll, aber trotzdem Laufen ist, verschwinde und erst hundert Meter weiter wieder wage zu atmen, weil ich euch für einen Ebolavirus-Träger oder schlimmer halte. Und das Beste daran: So ein Fünfzigerpack Einweg-Mundschutze kostet nur circa zehn Euro. Ihr werdet viel Spaß für wenig Geld mit mir haben. Versprochen.

•

Was mich am Leben stört, ist, dass ich mit dem Älterwerden feststellen muss, dass sich manche Kämpfe einfach nicht auszutragen lohnen. Zum Beispiel der, sich am vierten Tag in Folge bis fast zur Ohnmacht abzustrampeln, um noch ein Restfitzelchen Zahnpasta aus der leeren Elmex-Tube rauszuquetschen.

•

Was mich am Leben stört, ist, dass es weniger Menschen gibt, mit denen ich gerne abhänge, als ich Finger an einer Hand besitze. Und da ist sogar noch Luft für einen Job im Sägewerk. Füll damit mal ein ganzes langes Leben.

•

Was mich am Leben stört, ist, dass ich zur Wahrung des gesellschaftlichen Friedens mein Verlangen zwar unterdrücke, aber Männern über dreißig mit Bommelmützen sollte man das Haupt mit einer Machete abschlagen, um deren Köpfe aufgespießt auf Stöcken zur Abschreckung vor Bommelmützenläden aufzustellen. Unterstellt mir keine unangebrachte Härte – ich bin bei der Altersgrenze äußerst großzügig.

•

Was mich am Leben stört, ist, dass mich mein Leben in Deutschland so frustriert. Ich wäre viel lieber frustriert von meinem Leben in Madagaskar.

•

Was mich am Leben stört, ist diese fiese Spiegelung, wenn ich beim Rausstarren aus dem Zugfenster plötzlich unvorbereitet in die Augen meiner Sitznachbarin blicke. Pardon für alles, Ladys.

•

Was mich am Leben stört, ist, dass es viel zu wenig Starbucks-Läden gibt. Manchmal latsche ich mir für meinen überteuerten Kaffee fast hundert Meter die Füße wund.

•

Was mich am Leben stört, ist, dass ich gestern in der Bahn mein Exemplar von Tolstois »Krieg und Frieden« liegengelassen habe. Ärgerlich, ich hatte schon fast bis Seite 800 so getan, als würde ich es lesen.

•

Was mich am Leben stört, sind Freunde, die mir ungefragt Bücher schenken. Das macht man nicht. Schenken allein wäre noch okay. Aber nicht die Frage, die ab diesem Moment wie ein Damoklesschwert über meinem Haupt schwebt: *»Und, hast du's schon gelesen?«* Zwängt mir diese Verpflichtung nicht auf. Lesen macht mich müde. Und wenn ich mich *noch* müder durch den Tag schleppen muss, lohnt sich nicht mal mehr das Aufstehen. Dann liege ich meine teure Matratze schneller durch und muss das Kosten-Nutzen-Verhältnis unseres langjährigen Miteinanders komplett neu überdenken. Freunde schenken Freunden keine Bücher. Bildbände, maximal. Sachbücher? Nein. Romane? Um Gottes willen. Schenkt mir lieber was zu essen. Aber bitte mit wenig Kohlenhydraten. Die machen mich noch müder.

•

Was mich am Leben stört, ist das Geräusch meines Geschirrspülers, wenn dieser während des Laufens plötzlich mit einem lauten, urgewaltigen »KLACK!« den Tab ausstößt. Mein Geschirrspüler erlebt einen besseren Höhepunkt, als ich ihn je erfahren werde.

•

Was mich am Leben stört, sind Menschen, deren EC-Karte ohne das erlösende Rattern aus dem Geldautomat wieder rausspringt und die ihren Walk Of Shame vorbei an den hinter ihnen Wartenden akustisch untermalen mit einem gemurmelten *»Der Scheißautomat spinnt …«*. Wir alle wissen: Hier spinnt nur einer.

•

Was mich am Leben stört, ist, dass ich letzte Woche darauf hingewiesen wurde, dass mein Hosenstall offensteht. Mein geistesgegenwärtiges *»Das trägt man jetzt so!«* kam aber zum Glück überzeugend genug, um aus der peinlichen Situation doch noch als Fashion-Sieger hervorzugehen.

•

Was mich am Leben stört, ist, wenn ich in TV-Chartshows fast siebzigjährige Ex-Rockstars den Mund zum Playback ihrer Stimme als Zwanzigjährige bewegen sehe. Jedes Mal, wenn das jemand macht, stürzen irgendwo in einem Paralleluniversum Buddy Holly, Ritchie Valens und The Big Bopper noch einmal ab, immer wieder und wieder – das ist wissenschaftlich belegt, und das wollt ihr doch nicht. Also hört endlich auf damit.

•

Was mich am Leben stört, ist, dass es zwei verschiedene Arten Menschen auf der Welt gibt: mich und welche, die *nicht* wie ich sind.

•

Was mich am Leben stört, ist, dass ich gerne mal in einer Wild-West-Show den Sheriff spielen würde, aber nur den Typen draufhabe, auf dessen Füße die anderen im Saloon ständig schießen und dabei rufen: »*TANZ! TANZ! TANZ!*« Den aber dafür perfekt.

•

Was mich am Leben stört, ist, dass ich mir vorkomme wie ein wandelndes Steuerschlupfloch. Mich kannst du komplett abschreiben.

•

Was mich am Leben stört, ist, dass ich während meiner Schulzeit halb fertiggemacht wurde. Das finde ich unfair. Ich hätte *ganz* fertiggemacht werden wollen. So aber wurde mir zu viel Leid zugefügt, um normal zu bleiben, aber zu wenig, um daraus zum großen Künstler zu erwachsen. Hey Georg, Michi, Niels und all die anderen Rüpel: Habt so viel Anstand, zu Ende zu bringen, was ihr damals begonnen habt. Es ist noch nicht zu spät. Ihr findet den Schlüssel unter meiner Fußmatte. Ich warte auf euch.

•

Was mich am Leben stört, ist die Verwachsungslinie am Hodensack. Als die mir im Alter von zehn Jahren mit Schrecken auffiel, dachte ich einige Tage, ich sei gar nicht der echte Sohn meiner Mutter und meines Vaters, sondern im Labor zusammengenäht wie Frankensteins Monster. Das wäre ein recht dunkles Geheimnis meiner Eltern gewesen. Dann fand ich heraus: Diese Naht hat *jeder* Junge da unten. Da war ich erleichtert. Wie sich Frankensteins Monster draußen in der Welt fühlte, erfuhr ich trotzdem früh genug.

•

Was mich am Leben stört, ist, dass ihr ihn verteidigen könnt, so viel ihr wollt – aber für mich ist und bleibt der Kerl, der sich Orangensaft aus extra säurearmen Orangen ausgedacht hat, die größte Pussy, die je auf diesem Planeten gewandelt ist.

•

Was mich am Leben stört, ist, dass in jedem von uns irgendein Talent steckt. Meines ist, es unauffindbar zu verstecken.

•

Was mich am Leben stört, ist der Schmerz in meiner Brust, wenn ich an den Besuch beim Akustiker denke, der die Ohrabdrücke für meinen maßgefertigten Lärmschutz gemacht hat. Zunächst vermengte der Kerl mit einem Spachtel sein rotes und weißes Zwei-Komponenten-Silikon. Dann befestigte er etwas Watte an einem Faden und schob sie mir ins Ohr, um mein Trommelfell nicht zu beschädigen. Schließlich verplombte er mit einer Spritzpistole, gefüllt mit dem jetzt rosafarbenen Silikon, meine Ohren, erst das linke, dann das rechte. Und dann, Leute … Leute! Diese *Stille*! Diese wunderbare, herrliche, traumhafte Stille!! *Kein* Mucks mehr gelangte an meine Ohren, kein blödes Geschwatze und Gelabere, kein Straßenverkehrshupen, kein schrilles Zwei-Finger-Pfeifen von Typen, die ihre Freunde heranrufen wie ein Schäfer seinen Hütehund. Ich war im siebten, nein: Ich war im *achten* Himmel! Ich liebte diese Stille so sehr, ich wollte mit ihr einen Strand bei Sonnenuntergang entlangreiten und im weißen Sand schwitzige Liebe machen, um sieben Milliarden weitere kleine Stillen zu zeugen, die ich alle zur Adoption freigebe, damit auch jeder andere Mensch auf dieser Welt eine haben darf. Stattdessen knickte der Akustiker den Daumen seiner rechten Hand ab und streckte mir die restlichen Finger bedrohlich ins Gesicht: vier Minuten. Ich sprang von meinem Stuhl auf, schrie: »*NEIN! NEEEIN! LASSEN SIE DAS ZEUG DIREKT DRIN!!!*« Ich schrie ohrenbetäubend, doch sogar mich selbst hörte ich durch die perfekte Versiegelung nicht. Der Akustiker drückte mich mit fester Pranke zurück auf meinen Platz und zog das Silikon nach den angekündigten vier Minuten wieder heraus. Jetzt war schlagartig alles zurück: das blöde Geschwatze und Gelabere, das Straßenverkehrshupen, das schrille Zwei-Finger-Pfeifen von Typen, die ihre Freunde heranrufen wie ein Schäfer seinen Hütehund. Ich fühlte mich nicht weniger als vertrieben aus dem Paradies. Zwei Wochen später kam mein fertiger Lärmschutz. Was für ein Schrott – nicht mal ansatzweise vergleichbar mit der perfekten Komplettisolierung beim Abdrucknehmen. Am liebsten hätte ich *gar* keinen Lärmschutz anfertigen lassen, dann wüsste ich jetzt nicht, was ich verpasse.

•

Was mich am Leben stört, ist, wie sich das Gesicht eines alten Freundes verändert, den man nicht mehr abkann. Plötzlich ist alles nur noch Fratze.

•

Was mich am Leben stört, ist, dass ich ab und zu Momenten aufsitze, in denen ich denke, ich sei zu streng mit meinen Mitmenschen. Und dann sehe ich im Sommer Typen, die wie die Affen mit nacktem Oberkörper in meinem Supermarkt einkaufen gehen, und erinnere mich: nein.

•

Was mich am Leben stört, ist, wie verlockend es manchmal erscheint, in irgendwas einen Sinn zu sehen. Macht das nicht.

•

Was mich am Leben stört, ist der Moment zwischen dem Mausklick auf »Senden« und dem »*Wuuuusch!*«-Geräusch des E-Mail-Programms, in dem ich zu spät merke, was für einen peinlichen Blödsinn ich da gerade abschicke. Zu spät.

•

Was mich am Leben stört, ist, dass ein Bekannter von mir bald Vater wird. Ich habe den schlimmen Verdacht: Da ist irgendwie Sex mit im Spiel.

•

Was mich am Leben stört, ist, dass bis heute nicht wenigstens ein einziges Mal Ufos von Regierungsseite offiziell bestätigt wurden. Das verliehe bei verpennten Verabredungen meiner Ausrede »*Pardon, ich wurde von Aliens entführt …*« ein gutes Stück mehr Glaubwürdigkeit.

•

Was mich am Leben stört, ist, dass ich neulich alles Tolle daran twittern wollte. Danach hatte ich noch 130 Zeichen frei.

•

Was mich am Leben stört, ist innere Schönheit. Lieber Gott: Beim nächsten Mal hätte ich es gerne andersherum.

•

Was mich am Leben stört, ist, wie ich letztes Jahr zwischen meinen gepackten Umzugskisten »Wer wird Millionär?« schauen wollte und wegen der vielen Kartons vom Sofa aus bei jeder Frage nur noch Antwort B und D sah. Schnell musste ich feststellen: Auf diesen Dauer-50:50-Joker sollte man sich nicht allzu blind verlassen.

•

Was mich am Leben stört, ist, dass dreimal umgezogen wie einmal abgebrannt ist. Bei meinem letzten Umzugsunternehmen war es sogar umgekehrt.

•

Was mich am Leben stört, sind »Nummer unbekannt«-Anrufer aus dem Bekanntenkreis. Zeigt wenigstens das Mindestmaß an Anstand, eure Nummern freizuschalten. Ich gehe zwar eh nicht ran, will aber wissen, bei *wem* nicht.

•

Was mich am Leben stört, ist, dass bösartige Gerüchte über mich im Umlauf sind, ich würde jedem Gastgeber Unaussprechliches wünschen, der seine Katze auf dem Sofa mehrfach über meine Schultern hin- und herlaufen lässt, ohne was dagegen zu tun. Hierzu möchte ich feststellen: Stimmt.

•

Was mich am Leben stört, ist, dass die mesolimbische Taverne »Zur Belohnung« in meinem Hirn noch immer nicht die Aufhebung der Prohibition mitgekriegt hat. Hey da oben, ihr dürft wieder Dopamin ausschenken!

•

Was mich am Leben stört, ist der Tipp: *»Sei einfach du selbst.«* Ich rate dringend ab. Der Moment, in dem wir alle einfach wir selbst sind, ist der Moment, in dem diese Gesellschaft in Sekundenbruchteilen kollabiert.

•

Was mich am Leben stört, ist, dass ich mich unvorsichtigerweise ins weiche Bett der Bedeutungslosigkeit habe fallen lassen. Ich wollte nur kurz dösen, aber wer einmal drinliegt, pennt einfach durch.

•

Was mich am Leben stört, ist meine ökonomisch selbstmörderische Zahnpflege. Ich benutze Zahnseide, ich benutze Interdentalbürsten, ich benutzte Zahnhölzer, ich benutze Spülungen, ich benutze

Elmex Gelee. Lange habe ich die Augen verschlossen, doch neulich beim »Raus aus den Schulden«-Gucken ließ sich die unbequeme Wahrheit nicht länger leugnen: Unterm Strich käme es mich finanziell viel günstiger, einfach ganz entspannt auf Löcher in den Zähnen zu warten und dann die Füllungen zu zahlen. Warum entkomme ich trotzdem nicht der Schuldenfalle mit all den Fäden, Bürsten, Spülungen und Pasten auf meiner Badezimmerablage? Ich weiß es nicht. Irgendwann wird Peter Zwegat auch bei mir im Wohnzimmer stehen. Dann schüttelt er verständnislos den Kopf und notiert meine Zahnpflegekosten auf dem Flipchart. Ich flenne derweil vom Sofa aus in die RTL-Kameras. Pleite. Privatinsolvenz wegen zu gewissenhafter Zahnpflege. Die tiefrote Zahl mit den sehr vielen Nullen rüttelt mich endlich wach: Ich muss mein ganzes Leben ändern. Peter Zwegat hilft mir dabei. Gemeinsam fällen wir im Wald eine alte Eiche und schnitzen Zahnhölzer auf Vorrat.

•

Was mich am Leben stört, sind Typen, die im Penny »Die Zeit« kaufen. Selbst Understatement kennt Grenzen.

•

Was mich am Leben stört, ist, dass ich so schlecht in Fremdsprachen bin. Ich habe ziemlich lange gebraucht, um zu kapieren, dass *»Es liegt nicht an dir, es liegt an mir!«* übersetzt auf Deutsch heißt: *»Es liegt an dir!«*

•

Was mich am Leben stört, ist, dass ich meinen Freunden allen Erfolg der Welt gönne. Solange ich immer ein klein wenig erfolgreicher bleibe.

•

Was mich am Leben stört, ist, dass ich vor nicht allzu langer Zeit an einer Übernacht-Bootstour auf einem Fjord teilgenommen habe und hierbei die einzige Einzelpersonbuchung verkörperte. Außer mir nur noch am Start: zwei befreundete Amifamilien aus Kalifornien und Pennsylvania, die jedes Jahr gemeinsam Urlaub machen, und mich ausgelieferten Tropf von dem Moment an, als wir das Boot betraten, bis zum Anlegen am nächsten Morgen zu integrieren versuchten wie den zurückgebliebenen Cousin, der auf Familienfesten verloren in der Gegend rumsteht. Wohlgemerkt: Es war ein fatal schnuckelig *kleines* Boot – eines für maximal zwölf Gäste, auf dem wir Tag und Nacht in diesem einsamen Fjord rumschwammen. Kein Ort zum Verstecken, niemand hört dein Schreien. Die Amis ließen nicht ab, sie machten weiter und weiter. *»Lars, come over here, we're gonna catch some fish!«* – *»Hey Lars, where are you?! It's kayaking time!«* – *»Lars, man, come on! Jump in the water, it's* *really warm!«* Irgendwann schaltete der Selbstschutz alle Gefühle aus, und ich ließ die Vergewaltigung einfach nur noch über mich ergehen. Ich würde diese, da lege ich mich fest, 24 schrecklichsten Stunden meines Lebens gerne als mein Vietnam bezeichnen, nur wäre das bei allem Respekt zu viel der Ehre für die echten Vietnam-Veteranen. Aber ich muss das hier einfach verwursten, damit ich diesem bislang dunkelsten Kapitel meiner Existenz, das mir, auch hier lege ich mich fest, ein Trauma im medizinischen Sinne zugefügt hat, zumindest *irgendeinen* Sinn verleihe. Sonst explodiert durch die immer weiter anschwellenden Erinnerungen bald meine Birne, und diese Sauerei mag keiner aufwischen. Danke für euer Verständnis.

•

W. m. a. L. s.: Abkürzjunkies.

•

Was mich am Leben stört, ist meine imaginäre Freundin aus der achten Klasse. Die durchgeknallte Alte stalkt mich bis heute.

•

Was mich am Leben stört, ist die Handwerker-Frage *»Kann ich mal Ihr Klo benutzen?«*. Ich habe langsam das Gefühl, die müssen bei ihrem Aufs-Klo-Geh-Termin in meiner Wohnung zufällig was reparieren und nicht umgekehrt. Das geht doch nicht. Freunde machen bei Freunden nicht groß, so viel weiß man, aber ich finde, den kategorischen Imperativ des Kackens sollten auch Handwerker bei ihren Kunden beherzigen. Wäre ich reich, besäße ich eine Wohnung mit drei Toiletten: eine für mich, eine für Gäste und eine für Handwerker. Dann wäre das alles kein Problem. Da ich aber nur ein einziges Klo unterhalte, möge man mir bitte nachsehen, dass dort geschlossene Gesellschaft aus mir ganz allein herrscht. Halt, stimmt nicht ganz: *Einen* Handwerker gibt es, der mein Klo betreten darf – und zwar den, der es mir einbaut. Aber sonst keiner. Liebe Handwerker: Geht endlich mit der Zeit. Verdauung ist sooo 250 000 Jahre vor Christus. Der moderne, spirituelle Mensch ernährt sich von reinem Licht. Zumindest, wenn er nachmittags einen Termin bei mir hat.

•

Was mich am Leben stört, ist, dass ich allein durch mein Äußeres die Busse und Bahnen des Hamburger Verkehrsverbunds schone. Zumindest bleiben die anderen lieber stehen, als sich auf den leeren Platz neben mir zu setzen.

•

Was mich am Leben stört, ist, dass man mir nicht bei Nacht begegnen will. Bei Tag auch nicht.

•

Was mich am Leben stört, ist, dass ich während einer Lesung von Herta Müller mal eine Erektion hatte. Nicht wegen Herta Müller, wegen des Mädchens in der Reihe vor mir. Ich fand das gegenüber einer Literaturnobelpreisträgerin trotzdem respektlos von mir und habe mich heimlich geschämt. Ich war allerdings auch schon mal bei einer Lesung von Judith Hermann, und zwar mit einem Kollegen, der vorher fast eine ganze Flasche Wein gesoffen und infolgedessen schnarchend durchgeratzt hat. Das fand ich *noch* respektloser, denn das bekamen im Gegensatz zu meinem Ständer bei Tante Herta alle in der Mayerschen Buchhandlung mit. Inklusive Judith Hermann, was sie wirklich nicht verdient hatte, denn sie las ihren zerbrechlichen Stoff ohne wehleidig leiernde Bachmannpreis-Stimme, die ihr mein ignoranter Kopf im Vorfeld einfach so unterstellt hatte. Die Moral von der Geschichte: Wenn ihr geil oder blau seid, bleibt zu Hause und legt ein Hörbuch auf. Und fragt mich nicht wegen Lesungen an, so was mache ich nicht.

•

Was mich am Leben stört, ist, dass ich mich gerne nachts spontan in irgendeinen Linienbus setze und bis zur Endhaltestelle durchfahre. Besonders schön sind die letzten Stationen, wenn ich nur noch der einzige Fahrgast bin. Es beruhigt meinen Geist ungemein, durch die Nacht irgendwo hingebracht zu werden, ich lasse mich im sanften Wiegen des

Busses fallen wie ein behütetes Baby im Kinderwagen. Das ist der kleine Teil des Urvertrauens in mir, der *nicht* zertrümmert wurde: Ich weiß, so ein Busfahrer bringt mich wohlbehalten und sicher zum Ziel. Was mich dann daran stört? Ganz einfach: Wie komme ich jetzt hier aus dieser gottverdammten Einöde zurück?!

•

Was mich am Leben stört, ist, dass wir das Beenden einer langjährigen Beziehung nicht endlich humaner gestalten. Sicher: Es wird unserem Partner weiter weh tun, wenn wir sagen: »*Ich mach Schluss!*« – aber es sollte doch mit dem Teufel zugehen, müsste er dabei nicht trotzdem kichern, nur weil wir vorher einen tiefen Zug Helium genommen haben.

•

Was mich am Leben stört, sind Menschen, die sich für alles selbst die Schuld geben. Gebt sie mir, darauf kommt es auch nicht mehr an.

•

Was mich am Leben stört, ist, dass ich gerade eben in meinem Kopf zum x-ten Mal eine 25 Jahre alte Diskussion mit meiner Deutschlehrerin neu ausgefochten habe, warum ich beim Aufsatz *nicht* geschummelt habe. Ich hab schon wieder verloren.

•

Was mich am Leben stört, ist, dass egal, welchem Handdesinfektionsmittel ich mich auf meinen

Expeditionen durch diese kontaminierte Welt anvertraue, es auf dem Fläschchen immer nur heißt: *»Beseitigt 99,99 Prozent der Bakterien«.* Was glauben die restlichen 0,01 Prozent, wer sie sind, und wie erteile ich diesen Schnöseln eine Lektion? Hände abhacken ist keine Option, dann fällt mir das Brötchen immer runter.

•

Was mich am Leben stört, ist, dass ich dringend euren Rat brauche: Ist es inzwischen gesellschaftlich akzeptiert, wenn auch Herren Schlafmasken tragen? Bitte um schnelle Antwort – sitze hier gerade beim Essen mit einem befreundeten Pärchen, und die Versuchung ist groß.

•

Was mich am Leben stört, ist, dass Lachen nicht immer die beste Medizin ist. Meines ist ein reines Placebo. Von dem ich genau weiß, dass kein Wirkstoff drinsteckt.

•

Was mich am Leben stört, ist, dass ich keinen bösen Zwilling habe, den ich in Gehaltsverhandlungen schicken kann. Ich bin mir sicher, der würde deutlich mehr Kohle für mich rausholen als ich selbst. Danach würde ich ihn wieder unten im Keller anketten und einmal die Woche mit Tierabfällen füttern, wie man das unter guten Zwillingsbrüdern halt macht. Bis die nächste Gehaltsverhandlung ansteht oder auch mal ein Partybesuch oder Zahnarzttermin. Ich hätte es im Leben weit bringen können mit einem bösen Zwilling. Aber so ist sie, meine egoistische Sippe: Bei uns wird nichts geteilt, nicht mal eine Eizelle. Immer, wenn ich das meiner Mutter an Weihnachten vorwerfe, fängt sie an zu weinen. Da hätte ich meinen bösen Zwillingsbruder dann auch hingeschickt. Wobei: Heiligabend bei uns zu Hause – dafür hätte sich selbst mein böser Zwilling einen *noch* böseren Zwilling gewünscht.

•

Was mich am Leben stört, ist die Furcht, irgendwann doch aufzufliegen. Gibt's Erfahrungswerte, wie lange sich Geisteskrankheit als Kreativität tarnen lässt?

•

Was mich am Leben stört, ist, wenn werdende Mütter und Väter mir Ultraschallfotos direkt mit der Entschuldigung zeigen: »*Ich weiß, du kannst mit Kindern nicht so viel anfangen …*« Gar nicht wahr. Ich kann nur mit werdenden Eltern nicht so viel anfangen.

•

Was mich am Leben stört, ist, dass ich es besonders Eltern von verhaltensauffälligen Kindern nie recht machen kann. Ignoriere ich die in ihren Augen süße, einzigartige Frucht der Fickerei, sind sie angepisst. Erkundige ich mich jedoch interessiert: »*Wann wachsen dem Kleinen denn die Hörner?*«, sind sie noch angepisster.

•

Was mich am Leben stört, ist, dass ich zaubern kann: Ich kann machen, dass die Stimmung stinkt.

•

Was mich am Leben stört, ist, dass es hier in Hamburg Jäger gibt, die Karnickel erschießen, die zu viel rammeln. Jäger, die Menschen erschießen, die zu viel hämmern? Fehlanzeige. Wozu zahle ich Steuern?

•

Was mich am Leben stört, ist, dass ich nie Grüße weiterleite, die ich jemandem bestellen soll. Ich weiß, das ist kein optimaler Wesenszug, aber für mich gibt es nichts Sinnloseres, als jemanden über jemand anderen zu grüßen. Was für eine armselige Geste soll das sein? Melde dich gefälligst selbst bei der Person, oder lass es ganz sein. Ich habe bei der Stiftung Warentest jüngst als schlechtester Gruß-Kurier abgeschnitten – zu Recht, mein Dachboden ist voll mit unzugestellten Dingern. Vertraut eure Grüße, besonders die »lieben«, lieber lieberen Menschen an.

•

Was mich am Leben stört, ist, dass ich schon mal versucht habe, meine verschwitzten Hosen und

T-Shirts im Geschirrspüler zu waschen. Stolz bin ich darauf nicht – wer ist das schon? Der- oder diejenige wäre ja ziemlich beschränkt. Aber ich habe es getan. Mein Toploader war kaputt, und ich wollte nicht in irgendeinen Schmuddelwaschsalon. Hat sogar überraschend gut funktioniert. Okay, ich bin doch ein klein wenig stolz drauf.

•

Was mich am Leben stört, ist, dass nach dem Tod die Haare und Fingernägel noch weiterwachsen. Ich persönlich fände es angenehmer, wenn die Gedanken weiterwachsen.

•

Was mich am Leben stört, sind die Klugscheißer, die jetzt brüllen: »*Stimmt nicht! Haare und Fingernägel wachsen nicht weiter – die WIRKEN nur länger, weil sich das austrocknende Körpergewebe zurückzieht!*« Ihr habt recht. Danke für die Korrektur. Die macht jetzt natürlich gleich viel, viel mehr Lust auf den Tod.

•

Was mich am Leben stört, ist höhere Mathematik. Allein zu Hause seine Ruhe zu haben > Besuch von Freunden > Besuch *bei* Freunden > Besuch bei Freunden mit späterem Um-die-Häuser-Ziehen > Besuch bei Freunden mit späteren Um-die-Häuser-Ziehen, um sich das Freitagsfeuerwerk auf dem Hamburger DOM anzuschauen > Besuch bei

Freunden mit späterem Um-die-Häuser-Ziehen, um sich das Freitagsfeuerwerk auf dem Hamburger DOM anzuschauen, bei dem dir ein volltrunkener Penner über die Jacke kotzt. Was zu beweisen war am letzten Wochenende.

•

Was mich am Leben stört, ist, dass ich so schlecht einschlafe, wenn ich allein in meinem zu großen Bett liege. Ich habe mir deshalb auf dem Jahrmarkt selbst einen Plüschgorilla geschossen, nur, um ihn danebenzulegen. Das Ding stinkt nach Chemie, ist viel zu groß für mein Bett und nimmt mir die ganze Decke weg. Trotzdem immer noch besser als Wachliegen.

•

Was mich am Leben stört, sind Menschen, die auf der Straße wirr vor sich hin murmeln. Jedes Mal frage ich mich: *»Mit wem zur Hölle redet der da?«* Mein Kopf antwortet prompt: *»Wahrscheinlich mit genau demselben wie DU!«*

•

Was mich am Leben stört, ist »Wouldn't It Be Nice« von den Beach Boys. Es ist für mich extrem verwirrend, sich knapp zweieinhalb Minuten zu fühlen wie ein Mensch.

•

Was mich am Leben stört, ist, dass ich mich bei »Meine-Schufa.de« angemeldet habe. Zunächst rein interessehalber, doch nun bin ich besessen davon, meinen Schufa-Index zu pflegen. Ich war bei 98,48 Prozent und bin aus mir unerklärlichen Gründen jüngst abgerutscht auf 98,11 Prozent. Das tut weh, denn niemanden auf der Welt versuche ich mehr zu beeindrucken als die Schufa, nicht mal meine Eltern. Ich glaube, es hat mit meinem Umzug zu tun – ich bin etwas mehr an den Ghettorand von Hamburg-Eimsbüttel gerutscht, und das rächt sich jetzt. Aber ich werde mich wieder hochkämpfen, bis ganz an die Spitze. Gebt mich noch nicht auf, Schufa. Ich mach euch stolz!

•

Was mich am Leben stört, ist, dass meine Aufmerksamkeitsspanne kürzer ist al… Hey schaut, eine Blattlaus!

•

Was mich am Leben stört, ist, dass ich die Menschen um mich immer wieder enttäusche. Ganz besonders diesen traurigen Kerl in jedem Spiegel.

•

Was mich am Leben stört, ist die Angst, dass meine Altersvorsorge nicht ausreichen könnte. Ich fürchte, der zurückgelegte Knüppel, den ich später all denen überbraten will, die mehr gespart haben als ich, ist nicht hart genug.

•

Was mich am Leben stört, ist, dass ich mich bei laut gackernden Frauengruppen ungefragt dazustelle und so lange hysterisch mitlache, bis sich diese Gruppe Frauen kopfschüttelnd auflöst und endlich Ruhe ist. Es muss doch einen einfacheren Weg geben.

•

Was mich am Leben stört, ist mein qualvoller Hormonüberschuss im Sommer, wenn mich in der Fußgängerzone Mädchen in Minimalbekleidung umzingeln. Wie haben das unsere Urzeit-Vorfahren ausgehalten, als ihre Frauen noch *gar* nichts trugen? Ich verleihe allen männlichen Höhlenbewohnern, die sich zusammenreißen konnten, posthum die Tapferkeitsmedaille.

•

Was mich am Leben stört, ist, dass ich mir vorhin für eine letzte Nachtschicht an diesem Buch im EDEKA drei Red Bull und zwei Coca-Cola gekauft habe. Der aufleuchtende Endpreis an der Kasse: 6,66 Euro. Die Kassiererin hat mich verängstigt angeschaut. Zu Recht. Das gibt noch richtig Ärger, wenn der Teufel als Co-Autor mit auf den Umschlag will.

•

Was mich am Leben stört, ist der ständig wiederkehrende Albtraum: Ich habe mein Abitur noch nicht. Irgendwann schrecke ich schweißgebadet auf und merke erleichtert: *»Puh – nur ein Traum!«*

Wenige Sekunden darauf kommt die Erinnerung: Aus mir ist trotzdem nichts geworden. Aus diesem Albtraum wache ich niemals auf.

•

Was mich am Leben stört, sind IQ-Tests. Ich *ahne*, dass ich doof bin – ich brauche es nicht auch noch offiziell bestätigt. Obwohl: »*Ich bin dumm*«, das ist so eine ähnliche Mindfuck-Nummer wie »*Alle Kreter lügen*« – wenn man das selbst erkennt, kann man so dumm ja nicht sein, oder? Ist ein Verrückter nicht verrückt, wenn er sich seiner Verrücktheit bewusst ist? Ja, das sind die Königsfragen der Philosophie, die Richard David Precht diesen leicht irren Blick verleihen, der einen schnell aufs Gas drücken lässt, wenn so ein Typ als Anhalter den Daumen raushält. In Gottes Besteckschublade gehört Precht natürlich trotzdem zu den schärferen Messern. Ich schätze meinen IQ durchschnittlich ein, so um die 100. Vielleicht auch etwas weniger, je nachdem, wie viele schlechte Zombiefilme am Stück ich vorher geglotzt habe. Zumindest bei den Bedeutungsfragen im IQ-Test würde ich glänzen: »*Welches Wort passt nicht: Birne – Orange – Stein – Apfel?*« Birne, die anderen drei schmecken lecker. Und natürlich bei der Frage: »*Würden Sie Richard David Precht, den Crazy Eyez, der alles weiß, in Ihr Auto einsteigen lassen?*« Himmel, NEIN!

•

Was mich am Leben stört, ist, dass ich in ständiger Angst lebe, meine Mitmenschen könnten mir eine Testfrage zu irgendeinem Sänger, Politiker, Schriftsteller, Sportler oder Arbeitskollegen stellen, von dem ich vor nicht mal zehn Sekunden mit tiefster Inbrunst behauptet habe: *»Klar, kenn ich!«*

•

Was mich am Leben stört, ist, dass ich jede Nacht »Domian« schaue und deshalb immer erst um zwei Uhr ins Bett komme. Da bin ich am nächsten Morgen total im Eimer. Sobald bei »Domian« das Thema *»Domian hat mein Leben zerstört«* lautet, werde ich sofort anrufen.

•

Was mich am Leben stört, ist, dass ich nachts oft wachliege und grübele, ob mein Leben wohl anders verlaufen wäre, wenn ich damals nicht aus dem Bauch meiner Mutter rausgekrochen wäre. Möglich.

•

Was mich am Leben stört, ist, dass man immer genau das will, was der andere hat. Eines Nachts habe ich geträumt, ich könnte wie ein Pottwal 3000 Meter tief in den Weiten des Ozeans abtauchen. Nach dem Aufwachen war ich sehr betrübt, so unendlich frei hat sich das angefühlt. Wenig später sah ich in einer ARD-Tierdoku einen *echten* Pottwal. Ich wusste sofort: Der träumt nachts davon, einmal wie ich zünftig durch den Harz wandern zu können. In seinen traurigen Augen entdecke ich mich selbst. Immer genau das, was der andere hat.

•

Was mich am Leben stört, ist, dass ich den Eigentümer des Hauses an der U-Bahn-Station »Berliner Tor« nicht kenne, in dem der Mieterverein zu Hamburg sitzt. Ich würde diesem Hausbesitzer gerne nur eine einzige Frage stellen: Wer ist so irre und vermietet an den *Mieterverein*?!

•

Was mich am Leben stört, ist, dass ich bei einem Waldspaziergang zufällig den romantischsten versteckten See entdeckt habe, den man sich überhaupt vorstellen kann, und direkt wusste: Du wirst nie ein dazugehöriges Mädchen haben, dass du mit verbundenen Augen hier herführen kannst. Ich habe dann meinen Nintendo Game Boy eingepackt und erst vor Ort die Batterien reingelegt – ich hatte das Gefühl, der war auch ziemlich gerührt.

•

Was mich am Leben stört, ist, dass ich, anstatt immer neu poetisch zu beschreiben, wie unglücklich ich bin, die Zeit auch pragmatisch hätte nutzen können, um was dagegen zu tun. Zu spät.

•

Was mich am Leben stört, sind Menschen, die alle Brücken hinter sich abbrechen. Seid ganz beruhigt: Ich lasse die alte, morsche Hängebrücke mit den fehlenden Brettern genau dort, wo sie schon immer baumelte. Sollte jemand tatsächlich den Versuch wagen, mich darüber zu erreichen – viel Glück, Indiana Jones.

•

Was mich am Leben stört, ist, dass es keine dummen Fragen gibt – außer, ihr fragt mich, ob alles in diesem Buch wahr und mir wirklich widerfahren ist. Das ist eine *sehr* dumme Frage. Warum, das überlasse ich euch.

•

Was mich am Leben stört, ist, dass ich in diesem Buch den Hinweis vergessen habe: *»Die Handlung und die handelnden Personen sind frei erfunden. Jede Ähnlichkeit mit toten oder lebenden Personen oder Persönlichkeiten des öffentlichen Lebens ist nicht beabsichtigt und wäre rein zufällig.«* Was mir wirklich wichtig ist zu betonen, liebe Leser in anderen Universen.

•

Was mich am Leben stört, ist, dass ich ein solcher Amateur bin im Abschiednehmen. Bis zu welchem Vertrautheitsgrad schüttelt man sich die Hände, ab wann beginnt die Umarmung? Ich weiß es nicht. Ich akzeptiere jeden mir zugeteilten Körperkontakt –

aber erwartet nicht, dass ich der Erste bin beim Umarmen. So läuft das nicht. Küsschen-hier-Küsschen-da-Chi-Chi gibt's bei mir übrigens *gar* nicht, das ist mir zu kompliziert, ob zwei oder drei Küsse, ob wirklich nass auf die Wange oder nur trocken in die Luft geschnalzt oder wie auch immer, dafür bräuchte ich mindestens einen Volkshochschulkurs. Also: entweder Hände schütteln oder normale Umarmung. Oder am liebsten, meine Eigenkreation für Bakterienphobiker, Zeige- und Ringfinger zum Victoryzeichen formen und sich zum Abschied nur kurz mit den Kuppen berühren. Ich nenne ihn den »Doppelten E. T.« – Namensnennung erwünscht. Gute Nacht, Freunde.

•

Was mich am Leben stört, ist, dass die Jungs von der Großbaustelle nebenan im Laufe der Monate schneller einen riesigen Bürokomplex hochgezogen haben, als ich mein Buch fertiggeschrieben. Jetzt liegen hier vor mir ein paar Seiten beschriftetes Papier. Drüben steht ein fertiges Hochhaus. Da grübelt man in stillen Momenten schon, wo da die Relation ist.

•

Was mich am Leben stört, ______________________

____

[Raum für Notizen]

•

Was mich am Leben stört, ist, dass ich einfach nicht dahinterkomme, wie es das hinkriegt – mich pausenlos so zu nerven, dass ich mit all den kleinen, mittleren, großen und extragroßen Dingen ein ganzes Buch füllen konnte. Und mir am Ende dennoch glaubhaft versichert: Eigentlich macht genau dieser Wahnsinn das Leben doch erst lebendig. Vielleicht sogar, so pervers das klingen mag, lebenswert. Seltsam? Aber so steht es geschrieben …

Ende und Aus

Was mich am Leben *nicht* stört, sind Markus Paßlick, Markus Zimmer, Christian Storms, Eduard Hörner, Axel Pelz, Frank Schulze, Stefan Schabenberger, Volker Jarck, Steffen Geier & das ganze Fischer-Dorf und Kristine Meierling.
Ich kenne die besten Leute. Danke!